「マキ、いくならいくと言いなさい」

とろっとした声でささやかれた愛称に、腰の裏がぞくぞくした。（本文より抜粋）

DARIA BUNKO

不埒なパラダイムシフト

崎谷はるひ

illustration✻タカツキノボル

イラストレーション❋タカツキノボル

CONTENTS

この作品はフィクションです。
実在の人物・団体・事件などに一切関係ありません。

不埒なパラダイムシフト

夜の八時をまわったあたりで、名執真幸《なとりまさき》はそわそわと落ちつかなくなった。

書きかけのメールや、オンライン状態になっているメッセンジャーの画面が表示されたノートマシンのモニタ上、左隅に表示された時刻にばかり気をとられる。

あげくにはキーボードをたたいていた手を止め、何度も部屋のドアへと目をやってしまう自分に失笑した。

（もうすぐかな）

真幸が同居している年上の男——真野直隆《まのなおたか》は、この年のはじめ、引っ越しと同時期に転職した。経営コンサルタント企業というものについて真幸はまったく詳しくはないのだが、以前の職ほどではないにせよ、かなり忙しいものらしい。

残業が立てこむと深夜の帰宅になることもしょっちゅう。それでも今夜、真幸が何度も玄関のほうを見てしまうのは、夕方に舞いこんだメールのせいだ。

【きょうはすこし早くあがれます。二十時には戻《もど》れると思いますので、夕食は家で食べます】

まじめすぎる性格ゆえに、ちょっと世間からずれている直隆は、メールのときなぜだか丁寧《ていねい》語になる。ふだんしゃべっているとおりに書けばいいと言っても、逆にむずかしいのだそうだ。

——真幸のように、言葉を使うのがうまくないからな。文章を書くとどうも硬くなる。

困ったように眉をさげた端整な顔を思いだすと、真幸はにんまり笑みくずれた。

「……ふへへ」

口元がにやけた拍子に、ちょっとだけ違和感を覚えた。

十年近くなかった奥歯を、先日インプラント治療したからだ。二本あわせて二十万と、けっこうな値段だったけれども、嚙《か》みあわせもよくなったおかげで慢性的だった偏頭痛も減った。

食事も以前よりおいしく感じる——と考えたところで、その要因は精神的なものにあることにも気づき、真幸は意味もなく自分の手を握りあわせた。

人差し指のさきには、絆創膏《ばんそうこう》が貼られている。夕飯を作っていて切ったものだ。もともと料理はさほど上手ではないのだが、ふたり暮らしになってからは、自宅で仕事をする真幸がなるべく作るようにしている。

（でも、きょうのカレーはうまくできたし）

にへら、と真幸は笑う。

ごろっとした大きな肉がはいっているほうが好きな直隆のために、昼すぎから六時間煮こんだ。夕食は家でとるかどうかわからなかったが、カレーなら翌日でも充分だと判断したのだ。

喜んでくれるといいなあ、とにまにましていたところで、メッセンジャーの着信音がした。

【Hatsudai_sun：ちょっとー。さっきから真幸黙《だま》りこんでるけど、落ちたのー？】

うっかり失念していたチャット相手の催促に、あわてて返信を打ちこむ。
【真幸：あ、ごめん。そろそろ彼が帰ってくる時間なんで、うっかりしてた】
【奥ママ：最悪。のろけたよ、こいつ。クソビッチシネ☆】
【真幸：ビッチじゃないですー。ごめんまじで彼帰ってくるから、またね】
【Hatsudai_sun：ちょ（笑）むかつく（笑）。まあいいわ、メール確認してよね】
作業中なのでROMに戻ります、という表示を残して、真幸はチャットを落ちた。
メッセンジャーでの複数チャットで会話していた相手は、かつての二丁目仲間たちだ。あっさりと抜ける旨を伝えると、色ボケだのなんだのと罵《ののし》られたが、基本はあたたかく見守ってくれている。
システム上、完全なログアウトではなく離席モードにしておけば、自分が抜けたあとも閲覧状態になる。残ったメンバーたちはやっかみ混じりに心配そうな会話をしていた。
【奥ママ：真幸って基本クローズじゃないの？　いっしょに住むとか平気なのかよ】
【脇差：それに相手ってもとノンケでしょ、また泣かされなきゃいいけどさ】
【U-rara：あ、でも真幸のオタク仕事についても理解あるし、いい彼氏って聞いてるよ。オレ、この間、無駄にさんざんのろけられたし】
【脇差：真幸の自己申告でしょ。じっさいはわかんないし。脳内彼氏だったり……】
【Hatsudai_sun：まあ、なんでもいいじゃないの幸せなら。泣かされたら慰《なぐさ》めてやれば】

【奥ママ：ついでにHatsudaiが、カラダも慰めてやればいいんじゃね？】

【脇差：え、やっだ。Hatsudaiって、真幸みたいなのも食っちゃうの？　あんたガチ専のくせに！　悪食《あくじき》！　チンコついてればなんでもいいのね！】

【Hatsudai_sun：うっせえよブス！　B専にしか相手されないくせに！】

「……言いたい放題するよなあ、相変わらず」

じかに会えばそこまでオネエでもないのだが、ネットのキャラはあえてこういう言葉にするのが彼らのノリらしい。とはいえ二丁目にある店が運営している掲示板で知りあったため、全員と顔見知りというわけでもないのだが。

その後はしょうもないシモネタに流れた会話を苦笑で眺《なが》めていると、玄関のチャイムが鳴った。ぱっと顔をあげた真幸は、椅子《いす》を蹴《け》って立ちあがると玄関まで飛んでいく。

「おかえり、直隆さんっ」

「ああ、ただいま」

ドアを開けると、見あげるほど背の高い男が軽く頭をさげて玄関をくぐる。このマンションは4LDKと間取りは広いが、中古のためかドアなどのサイズがかつての日本人仕様で案外ちいさく作られており、長身の直隆は慣れないうち、何度か額をぶつけたことがあった。

そんなささいな仕種《しぐさ》を見るたび彼の背の高さを思い知り、大柄な男が好みの真幸はうっとりしてしまう。

「汗だくだね、暑かった?」

「ああ。うっかり弱冷房の車両に乗ってしまって、かなりきつかった」

クールビズ推奨の職場はノーネクタイでもＯＫだそうなのだが、この日は顧客との打ちあわせがあったそうで、きっちりネクタイを締めていた。

外から冷房のきいた部屋に戻ってきたせいか、彼のかけているメガネが曇っている。軽く顔をしかめた直隆がメガネをはずすと、端整な顔があらわれた。

直隆自身は自覚していないようだが、彼の顔はこの視力矯正器具をかけていないと、かなりやさしげに見える。真幸がその素顔を見るたび、いまだにときめいていることもまた、直隆は気づいてもいないだろう。

正式につきあってから約一年、同居してから八カ月近く。毎日、彼を好きになる。

「えと。お風呂はいれるよ。あがったらごはんにしよう。カレー作ってあるから」

腕にかけていた上着を受けとると、ちょっとだけじっとりしていた。他人の汗など不快に思って当然だけれど、直隆のならば気にならない。むしろ、こんなに汗かいて大変だなあと、一日涼しい部屋にいる自分を申し訳なく思うくらいだ。

上着をハンガーにかけ、汗染みになったところを濡《ぬ》れタオルで軽くたたいたあとに除菌スプレーをかける。皺《しわ》を伸ばすために引っぱっていると、直隆がじっと真幸の姿を眺めていた。

「ん、なに?」

「いや。いつもこまめだと思って。シャツとか、いつもアイロンかけてくれて助かる」

ありがとう、と微笑んだ彼が子どもにするように頭を撫でる。照れくさくなった真幸は、口を尖《とが》らせながら上目遣いに直隆を睨《にら》んだ。

「このくらい、誰だってふつうにやるじゃん」

自分が会社員だったらどうせ同じことだと言えば、直隆は首をかしげた。

「うちでは毎週、まとめてクリーニングがとりにきてたからなあ」

「それ、おにーさんちが不経済すぎたんだよ」

真幸と暮らすまで三十五年、実家暮らしだった直隆は、当然ながら家事や日常のことは母親任せで、自分ではまるっきり、なにもできなかった。また真野家の母親は炊事は得意だったようだが、普段着などの洗濯はともかく手間のかかる仕事用のシャツやスーツなどに関しては、贅沢《ぜいたく》にも定期的なクリーニングを利用していたらしい。

（つっても、クリーニング代くらいどうってことなかったんだろうけどさ）

父親は有名企業の役職づき、直隆自身も高給とりであったため、経済的な面では相当なゆとりがあったのだろう。

とはいえ、裕福な家庭に育ったエリートも、なんの挫折も知らないわけではない。

直隆は以前、銀行のなかでもいささか特殊な、国の名がつく組織に属していた。けれど世渡り下手がたたって社内政治に負け、閑職《かんしょく》に追いやられていた。

真幸が直隆と知りあったのは、そんなこんなで彼が荒れまくっていたころのことだった。最初はゲイだという弟のセクシャリティを認められない、エリート気取りのいけすかないやつだと思い、いやがらせのために強引に寝た。

だがずるずると関係を続け、単に自分に正直すぎて不器用なだけだと気づいてからは、真幸のほうがめろめろになってしまったわけだ。

「俺ができることならやるよ。ここんちの家賃も、なんも払ってないわけだし」

本心から告げると、直隆は、なんのことだというように目をまるくする。

「自分の家なんだから、払う必要ないだろう」

「……うん」

うなずきはするものの、なんとなく心苦しい。

――家を、本意でなく出ることになって、帰る場所がなくてひとりでいるんではなく。わたしが家になるから、気持ちが決まったら、ここに帰っておいで。

このマンションは戻る場所のない真幸のために直隆がくれた『家』だ。気兼ねはいらないというし、同居も無理強いしないとやさしく言われたあの日、こっそり夢見ていたハッピーエンドがきたのだろうかと真幸は泣いた。

――真幸の気持ちで、真幸の望んだとおりにすればいい。なにも変わらない。帰る家がひとつ増えるだけで、ふつうに恋人としてつきあっていればいい。

そこまで気遣われてはためらう理由などなにもなく、すぐに同棲に踏みきった。終わりではなくはじまりで、あれからずっと真幸は幸せなままだが、これでいいのかな、という申し訳なさも感じている。

（生活費なんもいれてないもんなあ……）

真幸はまだまだ駆けだしの、フリーのシナリオライターだ。ドラマにアニメ、ＣＤの脚本など、言われた仕事はえり好みせずなんでもやる。

いまのところいちばん多いのは、ＰＣ用ノベルゲームや、ＡＤＶゲームと言われるシナリオを読ませる形式のもので、とくに恋愛もの――いわゆるギャルゲーが得意だったりする。

ある程度は仕事もとぎれずもらえるようになっているが、正直、不定期な収入しかないし、時期的にぽっかり仕事が空いたときにはバーなどでアルバイトもやっていた。いわば、フリーターのようなものなのだ。

ちなみに直隆の収入について、怖くて聞いたことはない。転職まえよりよくなったとしか彼も口にしないのだが、念のため彼の前職である銀行の平均年収を調べたところ、九〇〇万近いことがわかって真幸はくらくらした。ついでに細かいことを聞く気も萎《な》えたが、とりあえず中古とはいえ、即金でマンションを買える程度に余裕があるのは知っている。

ちなみに真幸の年収はといえば、ひどいときには確定申告時に税務署員から「ほんとに食べていけるの？」と心配されるレベルだったりもする。

現在、直隆といっしょに暮らしだしたことで、家賃滞納の恐怖だけはなくなった。光熱費その他も同じくだ。

いままで生活のためにバイトを増やし、シナリオの仕事を断ったこともあると言ったところ、直隆はこう言ってくれた。

――クリエイティブな仕事には、余裕が必要だろう。バイトするより、新規の仕事をとってきたらいい。

(気前、よすぎなんだよなあ、直隆さん)

こんなに楽をさせてもらった状態で、せめて家事くらいはしないと、本当にヒモのようで自分が情けなくなってしまう。家事を負担することで、安あがりなハウスキーパー程度の役には立っていると思いたかった。

真幸の気遣いをわかってもいるのだろう、直隆は頭をぽんぽんとたたきながら、あっさり言った。

「真幸だって仕事してるんだから、無理はするな」

「ん、いや、ぜんぜんしてない」

「ならいいが」

口調はそっけないがやさしい言葉に、申し訳ないと同時に嬉しくてたまらなくなる。

じつの兄にゲイばれしたのをきっかけに、家族から縁を切られた真幸は二十歳から天涯孤独も同然に生きてきた。そんな自分に『帰る家』をくれて、安定させてくれたのは直隆だ。

そのうえ、ふつうのひとにはオタクとばかにされがちな仕事も理解してくれて、全面的に応援してもくれる。なんでこんなにできた彼氏なのかと、毎回感動してしまう。

（脳内彼氏じゃねえっつの。くそ）

さきほどのチャットの言葉が頭をよぎり、なんだか急に、彼のことを実感したくなった。

「あの」

「うん？」

「おかえりのチュー、してもいい？」

そっとシャツのはしを握って告げる自分のあまったれぶりが寒い。けれど直隆は案外、こういうふうにあまえられるのがきらいではないらしいと知っているから、真幸も無駄な意地を張らず、素直でいようと努力している。

だが、ふだんなら抱きよせてくれる彼は「ああ、悪い」と手のひらを見せた。

「いまはまずい。しないでくれ」

「え……」

拒まれたショックで固まっていると、直隆は汗ばんだシャツをさっと脱ぎながら浴室へと向かっていく。真幸はあわててあとを追った。

「ね、ねえなんで？　なんか怒ってる？」

「怒る？　どうして」

脱衣所の洗濯機にシャツを放りこんだ彼が、引き締まった上半身をさらしたまま振り向く。真幸の不安そうな顔に気づいて、メガネの奥にある切れ長の目を瞠《みは》った。

「どうしたんだ、マキ」

「だって、キス、だめって……」

「だめじゃないが、いまはまずいと言っただけだ」

言葉が通じていないのがふしぎそうに、直隆は首をかしげる。とくに機嫌が悪いわけでもなさそうだとほっとした真幸は、急に自分が恥ずかしくなった。

「ご、ごめん。単にしたくないだけとか、あるよね」

「いや、したくないわけじゃないが」

「え？」

だったらなぜ、と真幸が目をしばたたかせる。直隆はいたってまじめな顔で言った。

「いまからシャワーを浴びて、真幸の作ったカレーを食べる。腹も減っているし、ゆっくりしたい」

まるで仕事のスケジュールでも読みあげるように言われ、真幸はぽかんとしたまま「え、うん」とうなずく。直隆は、もうわかっただろうと言わんばかりの顔をした。

「だから、キスをしたら困るだろう」

「……どこがどうして、だから、につながるかわかんないんだけど……」

知りあって一年近く経つが、直隆理論はいまだによくわからない。

自分がばかなのか、相手が頭がよすぎるのかは定かでないが、結論をいきなり言われることも多くて理解がむずかしいのだ。

ますます混乱していると、ボトムを脱いだ直隆が、軽くたたんだそれを真幸に手渡してきた。反射的に受けとったところで、彼はため息をつきながら言った。

「真幸は、週末に締切があると言っていただろう」

「あ、はい」

「だから今週は一応、遠慮したんだ」

遠慮ってなにが。目をまるくして直隆を見あげると、彼はとんでもないことを言った。

「四日ほどセックスをしていないので、わたしはけっこう身体がつらい。真幸がそこにいるから、こんなことになっている」

「う、え？」

顔色をいっさい変えずに長い足の間にあるものを指さされる。視線で指のさきを追った真幸はソレに気づいて一瞬真っ白になり、そのあと真っ赤になってあとじさった。

（うわあ、うわあ、すごいことになってるよ。ていうかなにそれガチガチじゃん！）

たった四日でそこまで我慢できなくなるとはどういうことだ。三十代を折り返してその元気はいったいなんなんだ。

内心ではいろいろ突っこんでいるというのに、想定外すぎたできごとのおかげで真幸の口はまったくまわらなくなっていた。

ぱくぱくと意味もなく口を開閉しながら赤面していると、相変わらず淡々とした直隆の言葉は続く。

「つまりいまキスをすると、ぜんぶすっ飛ばしてきみを抱いてしまう可能性がある。申し訳ないが、そうなったら気が済むまで離してやれないし、腹が減っているのに食事もあとまわしだ。真幸も仕事ができないし、場合によったら寝られないと思う。というわけで、キスはなしだ」

わかってもらえたか。勃起している股間と冷静そのものの顔のギャップに笑えばいいのかどうすればいいのかわからないまま、真幸はしばらく固まっていた。

（えー、うわー、そんなにしたいの……）

直隆は以前の彼女とは、数カ月セックスレスでも平気だったという。けれど真幸と寝るようになってから、なんだか目覚めてしまったらしく、そちらのほうがかなり強い。一度行為がはじまると、長くてすごくて、真幸のほうがへろへろになるのもしょっちゅうだ。

ごく、と真幸は喉《のど》を鳴らす。そして、手にした直隆のボトムをぎゅっと抱きしめたまま「あの」と手をあげた。

「なんだ?」

「えっと、キスしたあと、セックスはなしってのは？」

「厳しいな。どうしてもというならキスだけ、二秒したら、逃げてくれ」

「ですかー……」

ハグもなにもなしだとわざわざ宣言され、真幸はもじもじした。

足の裏がくすぐったい。とんでもないこと言うひとだなあと思うのに、胸の奥がむずむずして全身が熱い。

(ほんと変なひとだよなあ。変なひとなんだけど……好きだなあ)

ものすごく、直隆にさわりたいしキスしたい。たぶんお許しがでたら、整えている髪だって両手でくちゃくちゃにしてしまうだろう。我慢できず、真幸はもう一度挙手をした。

「えっとじゃあ、もいっこ提案」

「うん？」

「キスしたあと、おにーさんだけ、お口でするのは？」

上目遣いに言ったとたん、直隆の股間がなんだかまたすごくなった。「わーお」と真幸は声をあげてしまう。照れはするけれど、真幸はべつにそこまで純情なわけではない。むしろ直隆相手でさえなければ、もっとすれっからしな対応だってできる。

「すっごい、してほしそう」

「……痛くなるから、そういうことを言うのはやめなさい」

「でもきついよね？　ガチガチにしてるもん」

　長年、ふらふら遊んでばかりですっかりすれきっていた真幸に、自分でもとっくになくしたと思っていた純な気持ちをよみがえらせた男は、ここにきてようやくちょっと赤くなった。

「ね、いいよね？」

「真幸、やめなさい、こらっ」

　制止の声を聞かずにぴたりと寄りそい、手のひらを添えると、ますます大きくなった。上目遣いでじっと見あげると、直隆のメガネがまた曇っている。

　興奮して体温があがったせいだ。同じくらいに上気した顔を向きあわせていると、直隆が彼らしからぬ乱暴な口調で「くそっ」とちいさく吐き捨て、真幸の腰を抱いた。

　背の高い彼と立ったままするキスが、真幸は好きだった。大きな手で腰を支え、軽く持ちあげるように力のはいった手のひらを感じると、ぞくぞくする。すこし息苦しくなるのもいい。

（すんごい、気持ちい……）

　ぴったり吸いついた唇、口腔《こうこう》を暴れまわる舌。直隆の動きにあわせてこちらの舌を添わせると、感じやすい先端部分をぐるぐる舐《な》めまわされる。びくんと跳ねた腰をさらに強く抱かれ、吸ってとりこまれた舌に歯をたてられ、根元からしごくようにされたあと、過敏な末端をきゅっと噛まれる。

「ン……っ！」

官能的なキスに意味もなく目が潤《うる》んで、爪先がまるまった。直隆のキスはすごくいやらしい。クールに見える彼の意外な情熱にさらされる瞬間、もうどうなってもいい、と思ってしまう。

「ね、カレー、あとれいい？」

外《で》まで引きずり出された舌を何度も嚙まれたせいで、言葉が舌足らずになった。涙目の上目遣いで告げると、直隆はくっと片目をすがめる。

「もう、ぜんぶ、あとだ」

「んーっ……！」

息が切れて、それでもキスをやめたくなくて、お互いの舌を何度も舐めあう。真幸の腕は直隆の首にまわり、彼の長い脚が真幸の膝を割ってはいって、腰にあった手はすでに尻の右側を食いこむほど摑《つか》んでいる。

「真幸、仕事は？」

「あの、きのうね。がんばったら、思ったより進んで。締切の二日まえだけど、終わった」

「そうなのか？」

「うん。もう相手に渡した」

その言葉は嘘ではない。朝方までかかって徹夜で書いたシナリオを送信したあと、ＯＫの返事がきたのが昼。仮眠をとっていた真幸は仕事さきからの携帯メールの着信音で目が覚め、それから買いものにいって、カレーを仕込んだ。

「じゃあ、いいのか」

「んっ……か、買いもの、でたら、暑かったから、シャワーして……それで、夕方、な、直隆さんからメールきたから、もっかい、シャワ、ぁ」

両手でぎゅっと強く尻を握られ、長い指のさきが左右まとめてボトムの縫い目に食いこんだ。やわらかいストレッチ素材のそれは、真幸の身体にぴったりと沿い、直隆の指が好き放題捏ねるのをすこしも妨げない。下着とボトム、二枚の布に隔てられているのに、あの場所へと指先があたるのがわかる。

身体のラインを強調するようなこの服を選んだのも、誘うつもりだったからだ。

たった四日、されど四日。さっきは直隆にあきれたふりをしたけれど、こうして抱きしめられると寂しかったのはお互いさまだと思い知らされる。

抱きついて、汗の浮いた首筋に吸いつく。しょっぱくて、おいしい。喉仏をぬるぬると舐めて誘うと、直隆がごくりと喉を動かした。

「本当に抱いていいのか?」

「言ったじゃん、二回、シャワーしたって。わかる、だろ」

「わからない。はっきり言ってくれ」

一瞬足が浮きあがるほどに引き寄せられると、直隆のそれが脈打っているのが腹に伝わってくる。冷房のきいた室内で下着一枚でいるのに、自分よりずっと熱い身体に抱きしめられ、真幸は息苦しくなりながらささやいた。

「だ、抱いていいよ……それから、あの。きれいに、しといた、から」

なかで、だしても、いいよ。

言ったとたん、真幸の腰を抱えるようにした直隆は、浴室ではなく寝室へと向かった。強引で性急な態度が恥ずかしくておかしくて笑ってしまった真幸の余裕は、ベッドに押し倒された瞬間に霧散《むさん》した。

＊　＊　＊

口ですると言ったのに、自分はシャワーを浴びていないからと直隆はさせてくれなかった。逆に真幸自身はといえば、泣いていやがる場所まで拡げられ、さんざん舐められた。

「あ……う、ああ、ああっ、やんっ」

ぴちゃぴちゃと音が立つ場所に、ぬめった熱いものが触れている。ふくらはぎが攣《つ》りそうなほど力がこもって、真幸はすすり泣いた。

「早くいれたい、真幸」

「あんんっ、あっ、あっ……うん、うんっ」

腿《もも》をかじられ、指をいれてぐちゃぐちゃにされながら、切羽《せっぱ》詰《つ》まった声でねだられる。

準備のためのジェルもたっぷり足して、急かしたくせにまた指でめちゃくちゃにいじめた直隆に泣き声を聞かせて、煽るだけ煽るのもふたりで作ったベッドマナーだ。

いいか、いいよ、とお互い吐息だけの声で会話して、正面を向いたまま両脚を抱えあげられた。真幸はぞくぞくしながら自分でも腰を高くあげる。

（あ、くる）

つるんとした先端がぐしょ濡れになった粘膜の入口にぴたりと添えられ、どきどきした。

後始末だの、本来のその器官の用途だのを考えると、コンドームなしの行為はあまり褒《ほ》められたことではない。

そしてゴムなしの挿入は違う意味でも危険だ。生身の密着感がすさまじく、奥で射精される強烈さにくわえて、まずいかなあという、うしろめたさが刺激にもなる。

「ほ、ほんとはだめなんだから。わかってる?」

「わかってる」

だめなこと、悪いこと、いけないことをいっしょにしている。リスクもぜんぶ共有するその感覚は危ういものだ。

快感が深すぎるぶん怖くもあって、真幸もめったに許さないのだが、「だめ」を告げると直隆がけっこうがっかりした顔をするので、ついついあまやかしてしまう。

それもこれも、相手が真幸をあまやかしてくれるからこそ、なのだが。

「……んんー……っ」

重たく感じるほどの質量が、身体を割りいってくる。爪先までぴんと伸ばして異物感に耐えていると、直隆が頭を撫でてくれた。

「痛くないか？」

「ううん、ない。平気」

どんなに切羽詰まっていても、直隆のセックスはキスからはじまる。髪を撫でていっぱいさわってくれて、気持ちいいのかどうかと真幸の様子をたしかめながら――これがちょっとしつこくもあるのだが――ぜったいに痛くないようにたっぷり濡らして、いれてくる。

息を切らして、ゆっくり挿入したあとかたちが馴染《なじ》むまで待ってくれる。もっと強引にしてもいいと言うのに、一度真幸が「ときどきおっきすぎて痛い」と漏《も》らしてからは、慎重すぎるほど慎重になった。

（もう、覚えちゃったのにさ）

さっきのチャットで会話していた相手のひとりが言っていたことを、ふと思いだした。

開発する、などと俗に言うけれど、女の膣《ちつ》は男の性器によって本当に変わるという説があるのだそうだ。

――よく、浮気した女の具合が変わるとか言うでしょ。それってそういうことらしいわよ。

快感を教えこまれると、相手のソレのかたちに膣が変化するのは本当の話だと彼は言った。

――えっ、じゃあアタシたちもそうなるのかしらっ？

これまた常連のひとりが鼻息荒く受け答えしたおかげで、その後は直隆にはとても言えない専門用語満載のシモネタが飛び交うことになったわけだが――あの俗説はあながち誇張ばかりではないいんじゃないか、と真幸は最近思う。

（だって、こんなにあってる）

自分の身体はたぶん、直隆のかたちになってしまっている。もうぜんぶが彼専用の性器になったんだと思うと、背徳感混じりの歓喜がこみあげてぞくぞくした。

ゲイと自覚したあとから、若気のいたりやひとりよがりな追いつめられ感、それによる自暴自棄《じき》もあって、真幸はいろんな男と寝た。基本的に小心者なのでセーフセックスを忘れなかったことだけは自分を褒めたいが、それ以外は消し去りたい過去でもある。

できれば、最初から直隆だけに抱かれて、直隆だけに開発されたかった。むろん、ノンケの彼を落としたのは、ある意味自分の節操のない身体と経験のおかげなので、考えるだけ無駄な話なのだが。

（最初はだめでも、最後は、このひとがいいなあ）

でもそれは、すごくむずかしいことだろうなと思ったら、突然ぽろっと涙がでた。すぐに気づいた恋人が、動きを止めて頬をそっと撫でてくる。

「……どうした？」

「んーん、なんでもない」

ぎゅっとしがみつくと、直隆がやさしく抱きしめてくる。彼は自分を鈍感だと言うけれど、真幸の感情の変化にだけはいつもちゃんと気づいてくれる。

――わたしは鈍いから、気をつけていないと真幸を泣かせてしまう。

そんなふうに自嘲《じちょう》して、おっかなびっくり、大事にしてくれている。そのたびに真幸は笑いたいような泣きたいような気分になった。

多少、ふしぎな方向に気を遣うところがあっても、直隆ほど真幸をかわいがる人間はいない。背中を撫でると、汗をかいていた。直隆みたいな男が自分の身体で興奮して、懸命に愛撫《あいぶ》して肌を濡らしているんだと考えると、それだけで感じた。

「ね、もっと強くして」

「いいのか？」

「うん……いっぱい、突いて。ここね、もう……」

あなたのかたちになっているから、もっといじめて。小声で告げたとたん、ずんっと深く犯された。

望んだとおりめちゃくちゃにされて、真幸はひっきりなしに声をあげ続けた。

すすり泣いて背中を引っ掻《か》き、離れるのが怖くて脚を絡《から》める。両手で腰を掴み、シーツから持ちあげるようにされたまま立て続けに突かれ、悶《もだ》えた尻をぎゅっと握られて揉《も》まれた。

ぜんぶが気持ちよくて、ぜんぶがいい。直隆のすることでいやなことはなにもない。

「ああっ、あん、あんんっ」

あまえて鼻にかかる声をあげながら長い腕にしがみつき、揺らされる身体をこらえていた真幸は、ふと彼の顔が見たくてかすむ目をこらした。

そして、じっと見ている彼の視線にどきりとする。

「え、え、なに……見てる、の」

「ん？　真幸を見てる」

「じゃ、じゃなくて、なんで、そこ……あっあっ、なんでっ、なんでっ」

腰を摑んでずんずん突かれると、勃起したものが振動にふらふら揺れる。それを軽く摑んだ直隆は、ぬるぬるになった先端を指でいじめながら、苦しげにひくつき開閉する口をじっと眺めていた。

「もう、でるんだろう」

質量を感じるほどの視線にさらされ、彼の手のなかのものがさらにこわばる。変化を感じた直隆がにやっと口元を歪《ゆが》め、真幸はさらに赤くなった。

「や、だから、なんで見る……っ、あああだめだめっ、そこ、だめっ」

「マキ、いくならいくと言いなさい」

とろっとした声でささやかれた愛称に、腰の裏がぞくぞくした。微弱な電流を流されたようなそれが耳から脳へと伝わり、肌を走り、つながった奥と性器のさきに到達するころには、自分でもどうなのと思うくらいにあまったれた声をあげていた。

「うえ……いくっ、いくから、もう、もうだめ」

「だめじゃないだろう」

「やだぁあ、だめだめだめっ……あ！」

弱い部分をしつこく責められて、恥ずかしいし戸惑《とまど》っているのに、耐えきれず真幸は射精した。勢いよく飛び散ったそれが胸を汚すさまをしっかりと見た直隆は、満足そうに目を細めたあとで腰の角度を深くする。

「やぁあっ、も……う、もうっ……も、いったの、にぃっ」

「ああ。だから、わたしも……っ」

休ませてほしいと言ったのに、もっと強くもっと深くと求められ、心臓が破裂しそうになった。何度も突かれて、快感が終わらなくて怖い。

「やだ、だめっ、あ……ん！　や、やっ、あつい、あついっ」

「ン……！」

こちらの放出が終わらない間に、直隆はたっぷりとなかに注いだ。きょうは彼が好きなスキンなしでの行為だったから、熱いそれがどくどくと流しこまれる感じもしっかり味わわされ、真幸は二度目の絶頂を迎える。

腿が痙攣《けいれん》して、恋人の腰を何度も締めつけた。つながった内部も似たような動きをみせ、耳のそばでは直隆の荒い呼吸の音と、自分のこめかみが脈打つ音がまじってずきずきする。

しばらく息をはずませて放心していた真幸は、大きく息を吐きだすと、汗に濡れた直隆の肩をたたいて抗議した。

「なんで、あんなに見るんだよ、もお……っ」

「いつも見てるのに、なぜ怒るんだ」

当然のように言われて、真幸は「いつも⁉」と声を裏返した。

「気づいてなかったのか?」

ふしぎそうに問われて、真幸は赤くなった。

(そんな余裕、ないし)

直隆とのセックスはあまくて、よくて、いつも夢中になってしまう。

はじめて強引に抱かせたときから、虜《とりこ》だったのはたぶん真幸のほうだった。彼が同性同士の行為にためらわなくなりコツを覚えてからはもう振りまわされっぱなしで、あまりにも強い快感に、射精のときはつい目をつぶってしまっていた。

「あのときの真幸は、すごくかわいくて、興奮させられる」

無表情に近いくらいの真顔でぽろりと言われて、真幸は「ぎゃー」と叫びそうになった。

本当に不意打ちで、かわいいだのなんだの言うから直隆は心臓に悪い。

「か、顔じゃなかったじゃん、見てたの」

「ああ。いつも、ここが」

ふてくされた顔をしたのにとりあわず、直隆は濡れている真幸のそれを指先で撫でた。まだ射精の余韻で過敏なそこは痛いほどで、振り払おうとしても直隆が許してくれない。

「最初はかわいい色なのに、だんだん赤くなってくる。それから、口が苦しそうに開いて、じわじわ濡れてくる」

「ちょ……」

びくっと震えた真幸は、耳を噛んだ直隆の口から溢《あふ》れでてくる言葉に、全身が汗をかくほど動揺させられる。

「何回か我慢するから、濡れるのもとぎれがちになって、でもいれるころにはもう開いたままになるんだ。そのタイミングでさきだけこすってやると、真幸は嬉しそうな声をだすから」

「そっ、そんな声ださないっ！　ていうかどんだけ見てんだよ!?　目ぇ悪いくせに、なんでっ」

「この程度の距離なら目を細めれば見えなくない」

そういう恥ずかしい台詞は、せめて意地悪く笑うだとか、いやらしく顔を歪めるだとかして言ってくれないかと思う。ごくごく真剣な目で見られて、いたたまれないったらない。

「いつも……俺の、いくとこ見てから、いくんだ？　しゅ、趣味、悪い」

真幸は意趣返しにからかってやるつもりだったのに、震えた声しかでなかった。おまけに噛んだ。睨んだつもりでいたのに、潤んだ目の上目遣いになっただけで、つながったままの場所が急に圧迫感を覚える。

「えっちょっと、なんでおっきくしてんのっ」

「真幸のせいだろう」

「俺、なんで、そんなの……あ、やだっ、やだ、動いたら」

さきほど直隆が放ったものと、たっぷり含まされたジェルとが混じって、突かれるたびに溢れてくる。音がさっきよりもひどくなって、真幸は耳まで赤くなった。その耳を、直隆がぱくりとくわえて耳殻《じかく》を舌でいじめてくる。

「やあ、だっ。続けてとか、きついっ」

「でも真幸のも、もう硬い」

「そっちがしつこくいじったからじゃん……！」

かーっと顔が赤くなる。正面から抱かれて密着した体位のせいで、彼の腹を自分のそれが押しあげていることくらい、言われずともわかっていた。

「それに、なかが……すごくいい感じで動いてるんだが」

抜くのはとても不本意だ、という顔をされて、真幸は耐えきれずに顔をくしゃくしゃにした。自分でも、身体の奥が物欲しそうにうねっていることくらいわかる。こっちにきて、もっとして、というように、内側に引きこむ動き。こんなの直隆とするまで経験がなかったのに。

「もう、なんなんだよ、もうっ」

恥ずかしさに癇癪《かんしゃく》を起こすと、直隆がまじまじと覗《のぞ》きこんでくる。

「本当にいやか?」

「……やじゃないよ! つうか、だから、見んなってばっ」

彼は近視のわりにきれいな目をしていて、青みがかった白目の部分がとてもきれいだ。見つめられるとどきっとして、それなのに口からでる言葉はどうも斜めにずれている。

「真幸のこれは、感じているのがちゃんとわかるから、見てたしかめたい」

いけないか、とまじめに問われて言葉に窮《きゅう》した。

(なんで、変な方向に努力しようとするかなあ)

直隆はなぜか、自分はセックスがへただと思いこんでいる。どうやら以前つきあった女に、「やっつけ仕事」だと罵られたせいらしいのだが、真幸としては、致命的に相性が悪かったのか、もしくは相手が不感症だったのではないかとこっそり思っている。

「だからぁ、おにーさん、へたじゃないってば……」

「気を遣わなくていい。真幸はやさしいからな。無理を言ってつきあわせているのだから、ちゃんと満足してもらえるよう、努力する」

「違うってばっ、ちが、あ、も……違うのにぃ……っ」

ゆるりと腰をまわされて、なかに注がれたものが溢れる。反射的にしがみつくと顔中に何度もキスをされ、じっくりゆっくり突かれた。焦らすような動きに、けっきょくせがんだのは真幸のほうだった。

「あん、もっ……もう、もうっ、もっと、ちゃんと」

そのあとは、あまったれた声しかでなくて、しがみついてがくがくになるまで揺さぶられた。泣きながら腰を振って、直隆の大きいそれを締めつけて、「だいすき、すき」と、ふだんなら恥ずかしくてあまり言えないことをたくさん言わせてもらう。

だが残念ながら、行為の最中の睦言《むつごと》というのは案外誤解を生みやすい。

「ああ、そうか。ここが好きなのか？　わかった」

「もう、ばか、違うー……っ、あん、そうじゃ、ないっ」

「そうか、違うのか」

じゃあがんばる、とさらに直隆に責めたてられて、なんか間違ってる、と思いながらも真幸は官能の深い海のなか、溺《おぼ》れに溺れさせられた。

＊　＊　＊

ぜいぜいしている真幸のなかから、一度も抜かないままだったそれが引き抜かれていく。喪《そう》失《しっ》感にちいさくうめいた真幸は、どろりと流れだした行為の証《あかし》に赤面した。

二ラウンド目も、たっぷりねっとり愛されて終わった。というかむしろ、一度達して余裕があるぶんだけ、一ラウンド目よりも濃厚だったような気がする。

(このひとって、一回が長いんだよなあ)

脱力しきった身体のせいで脚はまだだらしなく開いたままがくがくしていて、内腿をやさしく閉じさせようと触れる手にも、びくりとおおげさに反応してしまった。

「いま……さわったら、だめ……」

「痛いか？　赤くなってる」

必死になって直隆の腰を締めつけていた腿は、摩擦でひりひりしていた。軽く撫でられると電流のようなものが走り、「やっ」と真幸は身を縮めてまるくなる。

「真幸？　怒ったのか？」

「おこってない」

むくれた声で答えると「怒っているじゃないか」と直隆が困った声をだす。

もっと困れ、と思いながらも背中を向けているのは寂しくて、顔をしかめたまま彼のほうへと寝返りを打った。

「俺、動けないから」

「やりすぎたか、悪かった」

眉をさげた直隆の心配そうな表情に、真幸は「違うけど」ともそもそ言った。

「寝てれば治る。そうじゃなくて、カレー食べるなら自分であっためろってこと」

「ああ、そうする。真幸は？」

「……食べるけど」

たいしたことはないと告げると、ほっとしたように息をついてすぐ抱きしめてくれる。これだから、いつまでも不機嫌な顔はしていられない。かたちのいい唇を、力のはいらない指先でつつくと、絆創膏に気づいた彼がそっとそこを握りしめてきた。

「切ったのか」

顔を曇らせる直隆にあわてて「ちょっとだよ」と言ったのに、彼は眉間《みけん》の皺をほどかない。

「キーボードがたたきにくいだろう。怪我《けが》をするなら、料理なんか無理しなくていい。デリバリーだって、最近はいろいろあるだろう」

「ちょっとだってば。手がすべっただけだし。これくらいでそんな顔すんなよ」

過保護だと告げれば彼は「そうか」と違う意味で顔を曇らせる。

「どうも、わたしはそのあたりの機微《きび》がよくわからない。やりすぎていたら言ってくれ」

しょんぼり顔になるのがおかしくて、真幸はつい笑ってしまう。絆創膏のある手で彼の頬をそっと撫でると、指を絡めて握られた。

「カレーすっごいうまくできたんだから、心配するより褒めて。未直《みすぐ》くんに教わったんだ。めっちゃうまいよ」

「未直に?」

驚いたように目を瞠った直隆へ、真幸はにっこり笑ってみせる。

「最近、メル友状態なんだ」

口にしたとおり、最近作っている料理のレシピは、直隆の料理上手な弟がいろいろ教えてくれた。さきほどまで書きかけていたメールの件名は【Re: レシピ添付します】。

彼の弟、真野未直に向けてのものだった。

【細かいレシピはワード添付したから見てください。あと兄はカレーなら辛口よりの中辛が好きです。市販のルーを使うなら辛口と中辛のルーを半々にするといいって母が言ってました】

開いたワード文書は、真野家でよく作られていた料理のレシピ。途中経過と完成品の写真まで貼りつけられた、けっこうなできばえだ。

もともと独学で料理を作っていた未直は、二十歳になったのをきっかけに、大学のほか料理教室にも通っているらしく、その授業の一環としてこのレシピを作ったのだそうだ。

他人に提出するものであるため、マニュアル的な記述以外はないが、補完としてメールには直隆の好みが細かく書かれている。十歳も年下の彼に頼るのはいささか気まずかったが、未直は直隆とのつきあいを全面的に応援してくれていて、「なんでも言ってくださいね」と、かわいらしい顔に素直そうな笑みを浮かべていた。

いささか冷たく見えるほどそっけない直隆に較《くら》べ、未直は喜怒哀楽がはっきりしていて、よく笑う子だ。文面にも性格のよさが滲んでいて、読んでいるとついこちらが微笑んでしまう。

だがメールの最後の一文に、真幸はつい顔をしかめてしまった。

【P.S.でも兄は、真幸さんが作ればなんでもおいしいと思いますけどね。】

（……それじゃ申し訳ないから、だめなんだよ）

事実、同居した当初に作った料理は、料理とも言えない代物《しろもの》だった。それでも直隆は食べきってくれたが、あとに残ったのは情けなさだ。

真幸は長いつきあいのある恋愛PCゲーム制作会社のメンバーと仲がよく、作業が立てこんだときには手伝いにいったり、泊まりこみで食事係をしたりもしていた。とはいえ作れる料理と言えばそれこそ、肉と野菜をぶちこんで安いルーで味つけしただけの、なんとも微妙なカレーと、不格好なおにぎりくらいだった。

デッドラインをさまよいゾンビ化したゲームスタッフたちは味などどうでもいいとばかりにかきこむだけだったし、男の料理などそんなものだろうと真幸も思っていた。

へたくそな料理について直隆に文句など言われたことはなかったけれど、はじめて未直に引きあわされて、彼の手料理を振る舞われたときに「これはいかん」と思ったのだ。

「今回は市販のルー使うんじゃなくて、たまねぎ飴色になるまで炒めて、スパイス調合してやったんだ。六時間煮こんだ。あ、スパイスは未直くんに教えてもらった配合だから、だいじょうぶ。味見したけど、レストラン並にうまくできたよ」

「そんな凝ったことをしたのか？」

驚く顔は期待どおりのもので、真幸は満足の笑みを浮かべた。

「だって直隆さん、おいしいもの好きだろ？」

「真幸はよく、それを言うな。自分ではよくわからないんだが」

直隆はとくに自覚したことはなかったようだが、未直に料理の基本を仕込んだだけあって、彼の母親は料理上手らしい。

それに仕事柄、有名店でのビジネスディナーや接待も多い。何度か、接待で使ったというレストランにも連れていってもらったけれど、いずれも大層な高級店ばかりだった。

状況を鑑《かんが》みても、直隆の舌が肥えているのは当然だと思う。そんな男が、同居して数週間、よくも真幸のあの、微妙な味の料理に文句を言わなかったものだ。

(自分でも微妙な料理とかいっぱいあったのに、完食するんだもんなあ)

おかげで腕をあげないことには、と躍起になったのだ。失敗作を思いだした真幸が内心冷や汗をかいていると、直隆はさらっと言ってのけた。

「それに、真幸が作ってくれたものは、なんでもおいしい」

「えー……」

未直が言ったまんまの台詞を口にされ、真幸は思わず顔をしかめてしまった。よほど情けない顔をしたのか、「お世辞じゃないぞ」と直隆が笑う。

「プライベートで誰かといっしょに、それも手料理で食事をするなんて、真幸と会うまで、何年もろくになかったからな」

「ろくにないって、お母さん気の毒じゃないか。それに、当時だって彼女いただろ」

話がおかしいと言えば「でも、本当にないんだ」と直隆は言った。

「まえの職場は超過勤務も多かったから、仕事に就いてからは家ではほとんど食べなかった。それにマリコとのデートで高級フレンチだのイタリアンだのに連れていかされたが、彼女の手料理を食べた覚えは一度もないしな」

ここであっさりモトカノの名前を口にするあたりが直隆だが、話題をふったのは自分のほうなので、黙るしかなかった。

「真幸はいつも待っていてくれるから、それがありがたい。それに真幸が食べているのを見るのも好きだ。いつも嬉しそうだから」

「く、食い意地はってて悪かったですね」

雑《ま》ぜ返しつつ赤くなるのは、天然でさらっと口説き文句を言う男にいまだ慣れないせいだ。

——わたしが、真幸が楽しそうなほうが嬉しいのは、好きだからだと気づいた。

ふたりの関係がなんだかわからなかったころ、ごちゃごちゃになってやつあたりした真幸を直隆は辛抱強くなだめ、そんなことを言ってくれた。そして、そういう気持ちになるのは真幸がはじめてだ、とも。

あの言葉を思いだすたび、真幸は多幸感に包まれる。そしてどうしようもなくなって、直隆にぴったりしがみつきたくなる。

だが伸ばした手にまったく気づかず、直隆は引き締まった腹筋で軽やかにベッドから起きあがった。

「そろそろ腹が減ったな。シャワーを浴びて、食事にするか？」

「……そのまえに、チューしてって」

むすっとしたまま手を伸ばすと、真幸を抱きよせた彼が唇をついばんでくる。

ちょっとばかり空気は読めないし唐変木《とうへんぼく》だが、要求すればあっさりと飲んでくれるので、まあいいか、と真幸は目を閉じた。

「んん……？」

しつこく左の奥歯を舐められて、それがインプラントをたしかめているのだと気づいた。唇をあわせたまま怪訝《けげん》な声をだすと、直隆がかすかに笑う。

「もう、痛くないな？」

「あ、うん。落ちついたみたい」

治療からしばらくは、さすがに痛いので深いキスはできないと告げたことを覚えていてくれたらしい。そんなささやかなことで嬉しくなって、真幸は直隆にぎゅっと抱きついた。

のちのちのことを考えると、歯の治療はしたほうがいい、と勧めてくれたのも直隆だ。

——奥歯がないと、いろいろ、つらいだろう。

その言葉に含まれているのは、肉体的なことだけではない。この歯を折ったときの事情を直隆には話してある。

真幸は最悪の状況でゲイであることがばれた際、兄にぼろぼろになるまで殴られ、奥歯まで折られた。その後、親族にまで自分の性的指向を暴露されたあげく、二十歳で勘当《かんどう》されるという事態にまで陥った。

当時の苦しみを、彼は本当に痛ましく感じてくれている。それを知るたび、トラウマのようになっていた過去が、すこしずつやわらいでいく気がする。

「真幸が楽になったなら、よかった」

両手で頬を包まれ、額をこつんとぶつけられた。どちらからともなくまたキスをして、そのことに気づいてふたりで笑った。

「……これじゃ、きりがない」

「うん、またにしよ」

手を握ったまましっょにベッドから起きあがる。ちょっとよろけた真幸を支えた直隆は、ごく自然に浴室へと向かったが、後始末がある真幸をちゃんとひとりにしてくれた。

「カレーをあたためておくから、終わったら交代で」

「ん、わかった」

このあたりのエチケットについては、再三教えこんだ。お勉強のできる直隆は学習するのも早い。でもちょっとだけ、応用がきかないところもある。

口を尖らせながら、真幸は頭からシャワーを浴びた。汗でねばついていた肌が流され、ほっと息をつく。

（どうせ、カレー食べたら、またするくせに）

内心つぶやいて、軽く疼《うず》いた身体を真幸は自分で抱きしめた。

さきほど、自分のなかから引き抜かれた直隆のアレは、まだぜんぜん硬くて漲《みなぎ》っていた。あの様子からして、たぶん今夜は本当に、朝までコースだと予想がつく。

髪を洗い、石鹸を泡立てて肌にこすりつける。しばらく迷ったが、脚の間はざっと洗い流すにとどめ、内部の洗浄までするのはやめた。

終わりでないのなら、奥まで洗うのは意味がない。ちょっと変態じみているとは思うけれど、彼のくれたものをそうあっさり流してしまうのは惜しかった。

（俺も、充分やらしいんだよ）

直隆が真幸と出会って目覚めてしまったというなら、それにつきあいきっている真幸とて同じだ。おかげで開発されきってしまっている。最初の男ではないけれど、いままでにないほどの快感の強さと安心を教えこんだのは彼なのだから、責任はとってほしい。

濡れた身体を拭《ふ》き、わざと下着をつけないまま、シャツとハーフパンツを身につける。

浴室をでるとカレーのいいにおいが漂ってきて、それに誘われた真幸は台所に向かったとたん、思わず噴きだした。

「ちょ……なに！　なんで裸エプロン⁉」

直隆は、ボクサーショーツのうえに、いつも真幸が使うエプロンを引っかけていた。ビジュアルのインパクトにひいひい笑っていると、おたまでカレーの鍋をかきまわした彼が平然と言う。

「さっきかきまわしたらカレーが跳ねて、熱かったんだ」

「シャツ、着ればいいだろ」

「どうせシャワーするのに、面倒くさい……交代だ」

あっさりエプロンを脱いだ彼は「もうちょっとあたためておいてくれ」と言い置いて浴室に向かう。引き締まった背筋を見つめながら、真幸はひとしきり大笑いした。

そしてそのお返しは食事を終えて再度戻った寝室にて、下着をつけていないことに驚いた彼からの猛攻撃によって、贖《あがな》われることとなった。

まだ濡れているからと教えると前戯《ぜんぎ》はすっ飛ばされて、すぐに挿入された。乱暴で、でもすごくよくて、よくて、泣きながら感じて腰を振った。直隆は何度もあまったるくキスしてくれて、なんだかちょっと申し訳なく思うくらいに、幸せだった。

だが、幸せ慣れしていない人間の常で、どこか足下がひんやり感じるのも事実。

（いっぱい、感じておきたい）

いつか、もしも、終わりがきても。なんの後悔もないくらい愛しあっておきたい。絶対はないし愛情は薄れる、ひとは別れるのがあたりまえだから。

逃げ道はどこかにちょっと残しておきたいのだ。ぜんぶを預けて高いところにのぼったあと、ひょいとはしごをはずされたら、真幸はきっと真っ逆さまに落ちるだけだろう。

（こんなこと考えてるってばれたら、怒られるだろうけど）

ただ、いまはペシミスティックな考えを脇に置いて、直隆との時間を楽しみたい。

「……どうした？　真幸」

「なんでも、ない」

ほんのすこし表情を曇らせただけで気づいてくれる相手がいる。そんな贅沢を自分に許していいのかわからないまま、真幸はぎゅっと抱きついた。

＊　　＊　　＊

幸せすぎて怖い。そんな言葉を自分が使う日がくるなんて思ったこともなかった。鼻で笑ってばかにさえしていたのに、いまはまさにそんな気分だ。

「むかしは、幸せでなにが怖いんだよばか、贅沢言っててんじゃねえよとか、思ったけどさ。い

まはわかる。あれって、こんなにいいことばっかり続くわけがないっていう、ペシミズムから発生する感情なんだよな」

「遠い目してカッコつけてなに自分語りしてんのウザーイ」

ふっ、と笑いながらつぶやいた言葉に対し、センテンスの区切りもブレスもないまま一気に言い放たれて、真幸はこめかみを引きつらせた。

「愛されちゃってコワーイとか言ってんの？　あほじゃないのあんた。そういう根暗な性格だから幸せも長続きしなかったんでしょ」

「うっせえよ」

目のまえで暴言を吐いたのは、Hatsudai_sun こと日比谷敦伸《ひびやあつのぶ》。彼は初台《はつだい》に住んでいる会社員で、二丁目チャット仲間のなかでも、リアルでも仲のいい友人のひとりだ。

ふたりは、かつて真幸がアルバイトをしていた『ROOT』の店内、隅にあるテーブル席に陣取って会話をしていた。

アーリーアメリカンふうのスタイルが売りであるこの店は店長がゲイということもあり、仲間うちが集《つど》うこともよくあるのだが、とくにゲイバーというかたちで運営しているわけでもなく、ふつうに女性客も訪れる。

「どうでもいいけど、メスの視線が鬱陶《うっとう》しいわね」

「しょうがないじゃん、ここふつうの店だし」

長身でスタイルもよく、すっきり端整な顔をしている日比谷は、映像制作会社に勤めているディレクターだ。主に手がけるのはテレビ番組の下請け。イケメンでメディア系の仕事という高いスペックのため、ゲイより女にモテまくるのが悩みのたね、という男だ。

いまもまた、仕事帰りらしい二十代の女性客たちの目は、熱心に日比谷に注がれていた。

「あーうざっ。あの、わたしに気づいてって感じの控《ひか》えめ装いつつ虎視眈々《こしたんたん》な目つきがうざっ」

ずけずけと言いたいことを言った日比谷は、モテすぎて女ぎらいになったらしい。アイスコーヒーの氷をかき混ぜ、グラスを揺らす手のはし、小指を立てているのはわざとだろうか。

残念ながら、全体の動きはしっかり男らしいため、彼に秋波《しゅうは》を送る女性たちには牽制《けんせい》にもなっていないようだ。

周囲を見まわした真幸は、店内にいる何組かのカップルを見てにんまり笑う。

「あ、あっちの壁際の席のやつ、もうやったな。で、あっちはこれからだ」

「でた、真幸のヤルヤル判定。悪趣味だからやめろって」

「だって、わかっちゃうんだもん。ネタにもなるし」

マンウォッチングはシナリオライターとしての職業病でもあるのだが、真幸はもともとこの手のカンが鋭かった。とくに恋愛絡みで、関係が深まっているかどうかを言いあてるのが得意だ。学生時代は悪趣味な賭《かけ》をして、「やった」「やってない」「むかしやってたけどいまはなし」などとぴたりとあててみせたこともある。

「そんなの見てればわかるっつの。ヘテロはほんとウザイしさ」

いちゃつくカップルに、けっと吐き捨てた日比谷は、そのまま真幸をびしっと指さした。

「話逸《そ》らすんじゃないっつの。だいたい真幸がいちばんウザイっ」

「えっ、そこで俺⁉」

そうよ、と大きく日比谷はうなずいた。

「逆レイプで訴えられたり、ボコられたりしなかっただけでもラッキーなのよ。あんたの場合。それがなに、逃げまわるたびに追いかけてくれて、大事大事ってしてもらって、いったいなにが不満なの。つうか嫌みか？　オトコいないアタシへの挑戦かっ」

「そ、そういうんじゃないんだけど……」

直隆とのいきさつを知っている日比谷は、容赦なく真幸を叱責《しっせき》した。

「起きない不幸にくよくよしてるとね、自分から引っぱりこむのよ。ああやだ辛気《しんき》くさいっ」

肩についたゴミを払うような仕種をされ、真幸はうなだれた。

「でも俺さあ、十年みっちり不幸自慢で生きてきただらしないゲイなもんで、ああいう、まっとうなひとに、まっとうに愛されちゃうと、どうしていいんだかわかんなくて」

「まだ言うか」

吐き捨てた日比谷の言葉も聞かず、真幸はまくしたてる。

「……だって直隆さん、かっこいいんだよ⁉　背もでっかいし、ハンサムだし。俺あんな目に遭わせちゃったのに、許してくれてさ。つきあってもなかったのに、俺が楽しそうだと嬉しいとか言ってくれてさ、勘違いするからやめてって言ったら、意味わかんないらしくて、気に障《さわ》ったらごめんとか言って。お勉強ばっかしてたから、ちょっと天然ぽくて、でもそこがいいっていうか……いてっ」

額に飛んできたのは、ストローの空き袋をまるめたものだった。

「愚痴《ぐち》なのかのろけなのか知らんけど、どっちにしろやめろ。続けたら殺すぞ」

投げつけた日比谷の目が本気の殺意を孕《はら》んでいたので、とりあえず真幸は黙った。

「まったくもう。ひっさしぶりに呼びだしに応じたと思ったら、なんなのウザイ」

「だって、夜は直隆さんといっしょにいたいし……」

日比谷は今度は、拳を振りあげた。思わず頭をかばう真幸に深々とため息をつき、「そのダーリンはどうしたのよ、きょうは」とうんざりした声で問う。

「仕事で遅くなるから、夕飯いらないって。出かけていいかってちゃんと訊《き》いてきた」

「まるっきり新婚家庭だわねえ、はいはいごちそうさん」

ごぶごぶとストローも使わずアイスコーヒーを飲み干した日比谷は大きく息をつき、だん！　と音を立ててグラスを置くと、自分の鞄から大ぶりな茶封筒をとりだした。

「ま、いいのよなんでも。あんたの仕事がいい方向にいってるのは、間違いなくいい恋愛してるからだろうしね」

「え……？」

「預かってたシナリオ、ネット配信のミニドラマで企画とおったわよ。おめでとう」

ぺし、と頭をその封筒でたたかれ、受けとった真幸はあわてて中身を確認する。

あらわれた企画書のタイトルには、シナリオも含めて真幸が提案したオムニバスドラマのタイトルがプリントされていた。

「シナリオコンペ、落ちた話なのに」

「あのコンペでも一次審査はとおったでしょ。内容は悪くなかったけど、尺と企画に嚙みあわなかったのよ。ただ見せてもらったら内容は悪くなかったし、使えないかと思って、独断で預かりにしてたの」

真幸が他社のシナリオ公募で落選したのは半年以上まえのことだ。自信があったのに、とうなだれていたところ、日比谷に見せろと言われ、批評でももらえればありがたいとデータを送りつけていた。しかしその後、彼はいっさいシナリオの話など口にせず、忙しい相手に無理を言っても……と、真幸もほとんど忘れかけていたのだが。

「……なんて顔してんの、あんた」

「え、だって、まさかの展開で。てっきり、ダメだしとかアドバイスくれるくらいかと」

「友人だからって、ただ預かって批評ごっこする暇《ひま》なんかないわよ」

茫然《ぼうぜん》とする真幸を笑ったあとに、日比谷はすぐ仕事モードの真顔になって、説明を続けた。

「深夜枠だけど、テレビのCMとタイアップで、若手の俳優使って作ることになった」

配信サイト自体のCMなのだが、ドラマ仕立てのコマーシャルを放送し、いわゆる『続きはWEBで』という状態での企画になるそうだ。

「今回は動画配信会社の企画だから、横やりはいることはないんで、確定。オメデト」

「う……わー……嬉しい……」

「ただし、いまのまんまじゃ使えないから。あんたの台詞、ちょっと言いまわし硬いのよ。キャストの棒っぷりでも無理がないように書き直しもでるからね」

顔を紅潮させた真幸は、こくこくとうなずいた。

見るだけ見てほしい、と日比谷に預けてあったシナリオは、男女数人がひとつの部屋で繰り広げるシチュエーションコメディだ。舞台設定は大学の部室に固定されていて、入れ替わりでてくる登場人物たちが、ちょっとした謎解きをしたり恋愛を絡めたりで毎度ドタバタするもの。

「目新しいネタではないんだけど、あんたがコメディ書いたってのがおもしろくてさ。どうにか使えないかと思ってたら、ちょうど低予算の企画が舞いこんできたから」

「あ、ありがとう。がんばる！」

思わず企画書を胸に抱いて何度もうなずく真幸に、頬杖《ほおづえ》をついて日比谷は苦笑した。

「いい顔するようになったじゃない。ウザイけど」

「ちょ、痛い！　なにすんだっ」

ぺしっと額をデコピンされながら聞かされた言葉は、何年ものつきあいですさんでいた真幸を知る彼ならではのものだった。

「いいことってのはさ、続くんだよ。波に乗ってるときってのは幸運の連鎖があるわけ」

いきなりなんだ、と真幸が目をしばたたかせていると、年齢不詳のきれいな顔をほころばせて日比谷は続けた。

「不幸だ不幸だってうつむいて、相手の声も聞こえない、不満ばっかり拾いあげてるような人間はね、たとえラッキーが転がりこんできても、見逃しちゃうんだよ。あんた、そういう不幸の達人だったから、むかしはなに言っても無駄だったけど」

いくら言っても聞かなかったし、と日比谷は苦笑した。仕事の絡みもあり、何年もの間、つかず離れずできた友人がそこまで思いやってくれたことが申し訳なくなる。

「真幸はいま、やっとそのループから抜けたんだから、いらんこと考えるのやめな」

「……う、ん。そうなんだけどね」

「けど、なに。ほらあ、またそうやってうつむく」

ぐい、とでかい手で顔を掴んで持ちあげられ、真幸は「うっ」とうめいた。

「仕事も順調、恋愛も順調、それでなんでそう卑屈《ひくつ》になるわけよ！　しっかりしなさい！」

「いだだ、いたいっ、わかったから！」

ばか力でぎりぎりとこめかみを締めつけられ、真幸はじたばたもがく。おもしろそうに笑った日比谷は、すこし手をゆるめると、今度は頰をぶにんと指で押さえつけた。

「あら、やあね。なんかあんた、もち肌になってない？」

「やめろって、もう！」

口がタコのように尖り、珍妙な顔になる真幸の姿に、さきほどからちらちらうかがってきていた女性が「ぶっ」と噴きだす。「笑われたじゃないか」とわめいた真幸は、背後から妙に鋭い視線を感じてぞくりとする。

（え……？）

振り返ると、そこには意外な男の姿があった。

「な、直隆さん⁉　なんで？　仕事じゃないの」

あわてて日比谷の手を振りほどき、真幸は立ちあがる。なんだか怒った顔をした彼は、「真幸こそ」と低い声でつぶやいた。

「どうして、そんなにあわててるんだ」

「いや、驚いたからで……って、え？」

店内の照明は薄暗く、長身の直隆の陰にいる人物が、真幸には見えていなかった。だから、外国製の強い香水のにおいが鼻をくすぐってはじめて、彼が誰かを同伴していることに気づかされた。

長い髪、赤く塗った唇、曲線をうつくしく見せるための、やわらかい素材の服。

「直隆さん、おともだち?」

あまったるい、そしてすこし冷ややかな女の声。完璧に整えたネイルで飾られたその手は、当然のように直隆の腕に添えられている。

「ねえ、ご紹介していただけないの?」

我がもの顔、というのはこういう顔かと、真幸は遠い意識で思う。高級そうな香水をまとう、高級そうな服を着た女は、これ見よがしに直隆の腕を数センチ、指先で撫でた。

軽く胸を押しつける程度の密着感に、真幸は凍りついた。同時に、べつに働かなくてもいいカンが、ここで働いてしまった。

あ、こいつら、やったことある。

「……同居人の名執真幸だ」

しぶしぶ、といった体《てい》で直隆が告げた。そして「彼女は」と続けようとするより早く、にっこりと女は笑う。

「はじめまして、岡部真理子《おかべまりこ》です」

彼女が名乗った瞬間、どこかで聞いた名前だと思った。真幸は戸惑いながら直隆を見つめ、そしてはっと気づいた。

——マリコとのデートで高級フレンチだのイタリアンだのに連れていかされたが……。

(って、それ、マエカノじゃん。つか、婚約してた女じゃん!)

がん、と頭を殴られた気がした。

恋人から、ただの同居人と言われたことについてなのか、かつての婚約者を腕に絡ませている男が、仕事と嘘をついたことに対してなのか、真幸には判断がつかなかった。

そして心の隅で、こう思っている自分がいるのもまた、否めなかった。

ああ、やっぱり。

「あのう、こちらのかたは？」

真理子が、ちらちらそわそわと日比谷を横目にうかがう。

洒落たスーツに時計、ネクタイ。どれをとっても高そうなイケメンを見逃さない鋭さは、上品そうに見えても彼女が猛禽類《もうきんるい》であることを表していた。真幸は一瞬ためらったのだが、なぜかひどく不機嫌そうに、直隆がうながしてきた。

「真幸、どなたか紹介していただいてもいいか」

「え、ああ……えっと」

真幸が紹介してもいいかと確認するより早く日比谷は立ちあがった。

「はじめまして、日比谷と申します」

名刺をとりだすと営業用の完璧な笑顔を作る。むろん、オネエ言葉も封印だ。彼の肩書きを見たとたん、真理子がぎらっと目を輝かせた。

「えっ、マスコミのかたなの？　すごーい」

「下請けの制作会社なんですけどね。一応、『ハチブン！』とかの制作も手がけてます」

「東テレの⁉　わたしいつも見てます！」

ゴールデンタイムに放送されている、情報系エンタメ番組のタイトルを口にしたとたん、真理子のまばたきが激しくなった。「ありがとうございます」と軽く頭をさげる日比谷のまばゆいばかりのイケメンスマイルを見て、真幸は内心、うわあ、となった。

（日比谷、すげーむかついてる……）

ゲイだからといって誰もが女ぎらいというわけではないが、日比谷はこういうタイプの女がものすごくきらいだ。そして異常なまでに愛想がよくなる。本人曰《いわ》く、「いやな相手にいやな態度をとって、あとからあれこれ言われるのはもっといやだ」そうだが、おかげでよけいな秋波を飛ばされ、迷惑することも多い。

案の定、あれこれと話しかけられている状態で、助け船をだすべきか否かと迷っているうちに、直隆の冷ややかな声がした。

「真理子。いいかげん迷惑だろう。こちら、打ちあわせ中のようだし」

「あっ、そうね。ごめんなさい。それじゃ」

たしなめられ、肩をすくめるポーズがわざとらしいと感じるのは性格が悪いだろうか。

ふたりの去っていく背中を眺めてぼんやりしていると、彼らにくるりと背を向け、椅子に座った日比谷が吐き捨てるように「うえっ」と言った。

「なによあの女、きもっ。若ぶってるけどアラサーじゃないのよ、ぶりっこすんなっつの」

「……聞こえるぞ」

「知ったことじゃないわよ。っていうかあんたもあんたよ、なにやってんの」

日比谷が顎《あご》をしゃくったさき、直隆が真理子を連れて席につく姿が見えた。

「直隆ってあれ、あんたのダーリンじゃないの。なにが仕事よ、女連れてさ」

「し……仕事かも、しれないじゃん」

「でたよ、真幸のよくないよかった探し。目のまえの現実見たらどうなの」

「見てるよ。だから取り乱してもいないだろ」

真幸は、すっかり氷の溶けたアイスコーヒーをすすった。ぬるいうえに薄くなったそれは最悪な味がする。

日比谷が「はあーっ」とこれ見よがしにため息をつき、がりがりと頭を掻いた。

「あのさあ、冷静なのと斜《しゃ》にかまえて冷めたふりするのは違うって、何度も言ってんでしょ」

「べつに俺は……」

「ふつうに動揺しなさいよ。かわいげない。平気平気って顔してっから、表面だけ見て寄ってきた男とはうまくいかなかったんでしょうが。……いろいろ、覚えはあるけど」

真幸は口を引き結び、目を伏せた。日比谷はふたたび「はあーっ」と息を吐き、強情な友人のまえで頬杖をつく。

「あのね、軽くて遊んでる、さばけたタイプっぽく見せたいのかもしれないけどね、そうやってスレたふりしても、じっさいのあんたは一途《いちず》だし傷つきやすいのよ。ついでに、愛が重い。さっきの女と彼氏がいっしょにいるとこ見つけた瞬間、どんな顔したか自覚ないでしょ」

「……どんな顔したってんだよ」

「無表情でさ。すんごい冷めたっぽく見えるけど、裏切られたってショックで目ぇぎらっぎらして。あーやばい、こいつ刺すかもって顔してた」

言いたい放題の友人の言葉はショックでもあったが、真幸はなにも言い返せなかった。

自分でも、図星だとわかっているからだ。

「とにかく、きょう帰ったら問いただしなさいよ、アレ」

行儀悪く親指でさす彼に、ぎくしゃくとうなずく。

「……ほんとにでききんのかね」

ぼやいた日比谷の言葉は、真幸の内心の不安、そのものだった。

＊　＊　＊

数時間後、日比谷にさんざん発破《はっぱ》をかけられた真幸が家に戻ると、直隆はもう帰宅していた。

リビングにあるソファに座り、ノートマシンを膝に抱えて仕事をしている。

すでに風呂にははいったらしく、Tシャツと綿のスウェットパンツ姿でくつろいでいる。のんびりした姿に、意味もなく真幸はうろたえた。

「ただいま。なんか、早かったんだね」

「そっちは遅かったな」

直隆の声がそっけなく聞こえるのはいつものことだが、なんだか責められたような気がしたのは、ろくな稼ぎもないのに酒を飲んで帰ってきた罪悪感のせいもある。

「あー。日比谷と、打ちあわせがあって……」

じっさいには半分以上、さきほどの件の愚痴と説教だったのだが。

真幸が言い訳がましいことを口にすれば、直隆はあっさり言った。

「知ってる。きのう予定は聞いていた」

「あ、そう……だっけ」

鞄をおろし、リビングから続き間になっている台所へ向かう。手を洗い、うがいをしたのちコーヒーをいれ、ついでに直隆のぶんも持っていくと「ありがとう」と彼は言ったがキーボードをたたく手は止めなかった。

ちらりと見えたのは定型らしいレイアウトのワードの画面だ。

「……それ、仕事?」

「ああ。あす朝に提出する報告書だ」

モニタから目をあげようとしない直隆と、リビングに突っ立ったままなんともぎこちない空気で言葉を交わす。同居して以来はじめてといっていい微妙に険のある空気が流れ、真幸はがりがりと意味もなく額を掻いた。

（あーやだ。こういうの、すっごい覚えある）

直隆とつきあう以前には、さんざん味わった感覚だ。なんとなくお互いに不満があって、いつどこで口火を切ろうか待ちかまえているときの、あの緊迫感。

女性より性欲がストレートにでるぶん、軽い感覚で肉体関係を結ぶことが多いゲイの世界でも、つきあいの期間が続けば情も湧《わ》く。そこで浮気となればそれなりに修羅場はある。

真幸はダブルブッキングのような真似をすることはなかったが――それは誠実だったというよりも、面倒の多さがいやだったので――寝取った寝取られたという話はよく聞いたし、何度か自分がそういう目にも遭ってきた。

三十にもなれば、そうしたこともいっぱし経験して「そんなもんさ」とうそぶけるくらいにはなっていた。じっさい自分でも、そこそこ上手に恋愛ごっこをこなしてきたと思っていた。感情のコントロール方法も身につけたはずだった。

（なのに、なんなんだ、これ。俺、どうやって平常心保ってたんだっけ）

かつてつきあった男のなかにはろくでなしもいて、浮気相手とのセックスの現場に踏みこんだことだってある。即時、別れ話で切って捨てた。未練もなかった。

なのに、きょうのこれは厳密には浮気と確定したわけですらないのに、こうまで動揺している。なんでだ、どうして——と自問する真幸に、直隆が口を開いた。

「とりあえず、さきに言っておくが、きょうのあれは仕事だ」

はっとして振り返ると、タッチパッドのうえでくるくる指をまわしている直隆がいた。

かーっと真幸の頭に血がのぼり、熱いコーヒーを一気に飲み干した。カフェインで気合いをいれると、ずかずかと直隆のまえへと向かい「あのさあ！」ときつい声をだす。

「女と腕組んで、バーに連れこんで、なにが仕事なわけ⁉」

「連れこんだわけではないし、仕事だったのは事実だから、そう言ったまでだ」

それで話は終わりだとばかり、直隆は口を閉ざした。タイピングをやめない男に腹がたち、こめかみに青筋を浮かべた真幸は、いきなりノートマシンを取りあげた。一瞬、きょとんとした顔になった直隆は、そこでようやく顔をあげる。

「なんだ、まだ保存していないんだ。返してくれ」

「ひとと大事な話するときに、ながら仕事すんな！」

怒鳴りつけると、直隆はますます目をまるくした。

「もしかして、本当に信じていないのか？」

心底びっくりした、という顔をしている直隆を真幸は睨みつける。

「……真幸。ちょっとこっちにきなさい」

いやだと抵抗したのに、強引に腕を摑まれた。そのまえに、まずはラップトップパソコンを真幸から取り返してテーブルに置く、その冷静さに腹がたつ。

「ほら、こっちに。それから、これを見なさい」

直隆の座った隣の座面をぽんぽんとたたかれる。しぶしぶ座らされ、画面を覗きこまされた。

「なんだよ、なに見ろって――」

真幸はそこで言葉をなくした。報告書の件名には『岡部真理子さま投資信託ご相談の件』という文字が、でかでかとしたフォントで表示されている。

（……アレ？）

内容の細かい部分はよくわからないが、アセットマネジメントがどうたら、リッパースコアがどうたら、分配金利がどうたらと、専門用語が羅列《られつ》されている。

目がすべりそうになるのをこらえて何度か読み直すと、個人的に投資信託をする際のプランをいくつか立て、彼女に提案した、ということを報告する文章なのだとわかった。

「それから、こっちも一応見せておく」

くるくる、とタッチパッドを操作して呼びだされたのはエクセルファイルで、報告書のなかで提案された案をじっさいにやった場合の利益とメリットを数値で比較しているものだ。

そしていずれも見だし部分には『作成・真野直隆』の文字がしっかりはいっていた。

「なにを邪推《じゃすい》したのかはだいたい想像がついていたが、単なる言い訳のためにこんなものを作るほど、わたしは暇ではないぞ」

うぐっと真幸は顔を歪めた。

これで相手が直隆以外の人間なら、べつの顧客にだしたものを、真理子の名前の部分だけ書き直したんだろう、とゲスの勘ぐりを働かせたかもしれない。

だがなにしろ、直隆なのだ。そんな器用な真似ができるくらいなら、いままで振りまわされたりはしなかった。

「信用してくれたか？」

「な……っ」

おまけにここで、ふっとやさしく笑うのはずるいと思った。疑り深いと叱責されたり怒鳴られたりすれば、いま真幸が抱えている身の置き所のない申し訳なさと恥ずかしさを、怒鳴り返すなりしてぶつけられる。

けれど怒りもせず、ただただ苦笑して見守られると、赤くなって冷や汗をかくしかできない。

「……おっ、俺のこと、ただの同居人て言ったくせに」

どうにか悪あがきをしてみても、「ただの、とは言ってない」とひたすら正論でつぶされていく。旗色の悪さを知りつつ、真幸はしつこく屁理屈《へりくつ》を捏ねた。

「でも言ったじゃないか。ショックだったし」

もそもそと、画面をスクロールしながら言ったところ、直隆はちいさくため息をついた。

「ひとまえだったから、あれが無難かと思ったんだ」

むっとしたと同時に、反論のチャンスだと真幸は目をつりあげ、一気にまくしたてた。

「あーそうですか。マエカノがそんなに気になりますか。別れた女のまえであんな、取り繕《つくろ》ったりするとか、かっこわるっ。そういう態度ってさあ――」

疑われてもしかたないと言いかけた真幸の口を、直隆がいきなり手のひらでふさいだ。

「むみみんむっ《なにすんだ》」

「ちょっと黙ってくれ。真幸がまくしたてると、わたしが話す暇がない。それから、真理子については基本的にどうでもいい」

「……む？」

「あの場には日比谷さんがいただろう」

ぱしぱしとまばたきをして、それがどうしたと訴える。ようやく直隆が手を離してくれたので、いま目で訴えたそのままを告げた。

「彼は仕事相手だろう。企画書もテーブルにあったし。そういうひとがいるまえで、真幸の恋人ですと言ってもいいか、とっさに判断に迷った」

「え……いや、平気だったのに」

「そうなのか？」

「だってあいつもゲイだし、そもそもニチョで仲よくなったあとに仕事もらったから――」

そんなのぜんぜん、と笑った真幸は、はたと直隆の横顔に気がついた。

さきほどまで、だだを捏ねた真幸をあたたかい目で許してくれていた彼の表情が、一気にこわばっている。

（……アレ？）

わけもわからず、たらたらと流れだした冷や汗。直隆のひんやりした声が、さらに発汗作用をうながす。

「そうか。日比谷さんはゲイだったのか」

「えあ、え、はい、あの」

「そうとわかったうえで、真幸は顔をさわらせたりしていたんだな？」

そして直隆は、真幸のほうへ顔をぐりんと向けた。

この悪寒は覚えがあった。真理子と直隆たちの姿を発見するよりもさきに、首筋を粟立《あわだ》てたあの迫力だ。

ざーっと一気に血の気が引き、全身が硬直する。

「体育会系などでは、ああしたスキンシップはないわけではない。ノンケならば、妬《や》いたところで無意味だ。そう思って見逃そうと思っていたのに、そうか。相手は男が好きな男か」

むかし、真幸がそこそこ遊んでいたことは直隆も承知だ。というか、そうでもなければ酔っぱらった男をいきなりホテルに連れこんで、あれこれ致したりなどという真似ができるわけがない。

だが知っているのと許容できるかはべつの話で、直隆は、過去の恋愛遍歴についてすら聞きたくないという男だったことを思いだし、真幸はどっと全身から汗が噴き出るのを感じた。

「いや、あの、日比谷はべつにそんな、いまはまじでふつうにダチで」

あわあわとしながら両手を振り、しどろもどろで言い訳をする。だが真幸の言葉に直隆はさらに表情をこわばらせた。

「……いまは？」

すっと直隆の目がすがめられた。振りまわしていた両手で、真幸は自分の口を押さえる。

（怖っ！　なにその顔、怖っ！）

だらだらと冷や汗が流れ、失言を悟っても遅すぎる。

――表面だけ見て寄ってきた男とはうまくいかなかったんでしょうが。

――……いろいろ、覚えはあるけど。

ぽつりとつけくわえた言葉のとおり、日比谷とも一時期そういう関係になったことがある。

じっさいには、あちらの同情から寝てしまい、うっかりつきあいかけた、というのが事実だ。しかし真幸の根深い人間不信ぶりに若かった日比谷が音をあげ、一、二度セックスをしたのち双方合意で友人に戻った、という状態だった。

その後すっかり、オネエどころかオカン化した日比谷とは仲よくつるんでいる。もはや友情以上のものはなにもない、のだが。

「いまは、というのはどういうことだ」

ものすごい顔でつめよられ、しどろもどろになった真幸はいらぬことを口走ってしまった。

「えっ、だ、だってほんと、十年まえくらいに、ちょっとやっただけっ……」

「やった……？」

ぴく、と眉を動かした。直隆の表情は変わらないが、メガネの奥、瞳孔《どうこう》が開ききった目で見つめられ、今度こそ真幸は石化した。

（いやあああああああ、俺のばかあああ！）

自爆を誘発しまくってどうする。もうまばたきすらできなくなった真幸に、じーっと視線を注いでいた直隆は、おもむろに手を伸ばす。

「あ、な、なに……いたっ」

頬を摑んできたかと思うと、力をいれてごしごしこすられた。

「なに、痛い、直隆さんっ」

「気にいらない」

「なにが！」

「身体の関係のあった男に、ああもあっさりさわらせているのは気にいらない」

嫉妬《しっと》丸出しの言葉と日比谷のさわった場所を拭き取ろうというような手つきに、真幸は一瞬怒っていいのか喜んでいいのかわからなくなった。だが、ふと彼の長い腕が目にはいり、怒りのほうへゲージが傾く。

「それを言うなら、そっちだってむかしやってた女といちゃついてたじゃん！」

今度は直隆のほうが、ぐっと押し黙る番だった。

彼は自分に覚えがないことについては、徹底的に理詰めで反論してくる。黙るのは、過去についてて否定はできないし、彼が嘘をつけないからだ。

お互い、出会うまえの過去だ。こんな嫉妬はまったく無意味で不毛だと思うのに、真幸の口は止まらない。

「どうせね！　俺はおっぱいとかないしね！」

突然のそれに、「なんでそんな話になる？」と直隆は顔をしかめた。

「うるせえよ、腕とか組んで、乳あてられてデレデレしてたくせにっ」

「やってもいないことで責められるのは理不尽だぞ」

「理不尽じゃないじゃん！　俺が顔さわられてただけで怒ったのに、乳押しつけられたそっちが怒られないのはおかしいだろ！」

ものすごい低レベルなけんかをふっかけると、直隆がさらに斜めに飛んでいった。

「でもわたしは笑っていない。あんな嬉しそうに無防備な顔も見せてない」

「……え？」

どういう意味だと追及するより早く、いらいらしたように息をついた直隆が吐き捨てる。

「だいたい真理子は男に摑まらないと、ひとりで歩けないんだ」

「歩けないって……あ、脚が悪い、とか？」

だったら失礼なことを言ったと真幸は一瞬反省しかかったが、すぐに「そうじゃない」と否定された。

「彼女はヒールが細くて高い靴を履いているから、いつもよろよろしているんだ」

「へ……？」

「ちょっと歩くとすぐに疲れた疲れたと文句を言う。だからあれと街を歩くということを十分以上したことがない。だったら靴を変えろと言っても聞かなかった」

ごくまじめな顔で言う直隆に、違うだろ、と真幸は思った。

（いやそれ、どう考えても腕組む言い訳でしょうよ）

とにかく直隆という男は、頭はいいのだが朴念仁《ぼくねんじん》だ。恋愛の機微というものをいっさいわからない。礼儀正しいけれど、あまったるく女性をエスコートするという感覚はたぶん、ない。

「真理子さんて、知能犯だなあ……」

「なんの話だ」

わけがわからない、と直隆が顔をしかめ、真幸はがっくりとうなだれた。それをどう勘違いしたのか、直隆がすこしあわてた声で言う。

「そういうわけで、彼女は男がいると必ず、ああして摑まって歩くんだ。わたしに限ったことではない。つきあっていた当時も、会社の同僚だろうが友人だろうが、見かけるとああしてぶらさがっていた」

（いやあんたそれ、当時から浮気されまくってたってことだろ！）

真幸は叫んでツッコみたいところを、どうにか呑《の》みこんだ。そんな話をしてわざわざ、直隆を不愉快にさせたくはない。

そして、死ぬほど反省した。

「ごめん」

膝に上半身を載せる勢いで、真幸は深々と頭をさげた。「え」と直隆が目をしばたたかせる。

「な、なんだ急に」

「おにーさんが浮気とかするわけないのに、変に勘ぐって、ごめん」

真幸は心から詫《わ》びた。そもそも彼女が腕を組んでくる言い訳すら見抜けないくらい、恋愛について鈍いこの直隆に、嘘をついて浮気するなどという器用な真似ができるわけがないのだ。

（やっぱりとか、勝手に悲観的になって冤罪《えんざい》したててんじゃねえよ、俺）

それをいちばんわかっていたはずなのに——そういう、不器用でずれているけれど正直で一本気なところを好きになったのに、むかしの男の行動だとかに振りまわされて、一瞬見失った。

「わかってくれたのなら、それでいいが」

「でもさ、俺は事情聞いてなかったし。いきなり腕組んで登場されて、ショックだったのはわかるよな？」

「それは、まあ……」

一応釘《くぎ》をさすと、直隆も気まずそうな顔になった。そのあと、「じつは」と口を開く。

「言い訳になるが、今回の件を黙っておけと言ったのは弟で」

「え、なんで未直くん？」

「真理子が顧客になるという話が持ちあがったとき、たまたま別件であいつと電話をしていて」

連絡があったという話をぽろりと漏らしてしまった直隆は「偶然はあるものだな」と驚いていただけなのだが、未直はその件について、ひどく強い口調で言ったのだそうだ。

――それ、マキさんに知られないうちに、できるだけ早く担当者代わって！　もと婚約者とふたりで打ちあわせなんてばれて、変なふうに勘違いされたら最悪じゃないか！

「弟の言うことはもっともだと思ったし、わたしもあまり会いたい相手でもなかった。きょうは提案するプランに納得がいったら、担当者を代えるという話をしにいったんだ。……結果は真幸と鉢合《はちあ》わせして、未直の危惧《きぐ》したとおりになったわけだが」

訥々《とつとつ》と言う直隆の言葉には説得力があったが、真幸はもうひとつ引っかかっていることを問わずにいられなかった。

「……あのさ、そもそもなんで彼女を『ROOT』に連れてきたの？　俺あの店でバイトしてたじゃん。行動圏内だよ。鉢あわせると思わなかったわけ？」

詰めがあまいと言えば、直隆は顔をしかめた。

「それも未直が忠告してくれて……真理子は価格帯が安い店は大きらいなはずだから、どこか若い子向けの場所に連れていけと言われたんだ。彼女の好みでない店にいけば、復縁するだとか、そういう勘違いはされないだろうからと」

たしかに、いかにもブランド大好き、お洒落姉系の真理子は、『ROOT』のいい意味で雑多な空間からは浮いていたし、なんだか気にいらなそうな顔をしていた。

「もしかして、あそこ以外思いつかなかった？」

「それもあったが、以前、未直に呼びだされて、真幸に再会したのがあそこだろう。わたしにとっては、運のいい場所だったから、運の力を借りようかと思って」

思わず真幸はぷっと噴きだした。リアリストの直隆が験担《げんかつ》ぎをするのもおかしかったし、なにより——自分と再会した店を『運のいい場所』と言ってくれたのが嬉しかった。

「なにかおかしいか？」

「あ、ううん」

自分でもちょっと恥ずかしいのだろう、顔をしかめた直隆が言う。かぶりを振って、彼の手にそっと自分のそれを重ねた。

「あのね。俺も、べつに、日比谷といまなんでもないし、あっちもその気はないよ。ほんとに、いいともだちってだけ」

「それは、信じる」

おもしろくはなさそうな顔で、直隆もうなずいてくれた。

「真幸が、嘘をつくときの顔ではないし」

「……俺、そんなに顔にでる？」

ポーカーフェイスが自慢だったのに。すこしショックを受けながら問えば「でるというか、でなくなるというか」と直隆が首をかしげて言葉を探した。

「ごまかしたいことがあるとき、顔つきは変わるな。しらけたような、冷たい感じになる」

そのことは日比谷にも数時間まえに指摘されたばかりだ。案外自分はわかりやすいらしい。

なんだか気まずくなっていると、頭にぽんと手を置かれた。

（あ、これほっとする）

三十にもなって頭を撫でられて安心するのはどうかと思うが、直隆にこれをされるのが真幸は好きだった。ふにゃっと力が抜け、無意識にもたれかかるとさらに抱えこまれる。

直隆の顎が、真幸の頭に載った。恋人の軽い重みにうっとりしていると、直隆がつぶやく。

「だからちょっとむっとしたんだ」

「……ん？　なにに」

「日比谷さんにいじられているとき、真幸がかわいい顔をしていたから」

いきなりきた「かわいい」に、ぼっと顔が熱くなった。

「な、なにそれ。べつに俺、かわいい系のタイプじゃないだろ」

「いやかわいい。無防備で、拗《す》ねた顔をしていた。あれはあまり、よそで、というか、よその男のまえでしてほしくない」

むすっとしながら言う直隆の言葉にあきれてもいいはずなのに、ぼかぼかと熱い頬がおさまらなかった。

（もーこのひと、これだから、もー！）

真っ赤になった顔を、広い胸に埋《うず》めてぐりぐりとこすりつける。「なんだ」と直隆は驚くけれど、真幸は恥ずかしすぎて「なんでもないっ」と小声で叫んだ。

「なんでもなくないだろう。言いたいことがあれば言いなさい。ほら、顔あげて」

頬に手を添えられ、「顔見んなっ」と怒鳴ったのに無駄だった。覗きこまれた真幸はますます赤くなり、直隆はふしぎそうに首をかしげる。

「……なぜそんなに赤くなってるんだ」

「いいから！　そこ突っこまないでください！」

一般的な基準と感性のずれた男はこれだからいやだ。そしてこれだから――好きなのだが。

「そ、そのさ。さっきの話。真理子さん、無事に担当代われたのか？」

ごまかすように話題を戻すと、直隆はとたんに疲れた顔になった。

「それが残念ながら、そうはいかなかった」

「なんで？　納得しなかった？」

「ただでさえ、信託運用などむずかしくてよくわからない話なのに、知りあいでもない人間では気を遣うからいやだとごねられたんだ。ふつうは知らない相手が担当者になるものだろうに」

「あー……」

いかにもわがままそうな女性だったし、ごねるのは充分あり得ると真幸は同情した。そして、ふと引っかかりを覚えた。

「あれ、でも、あのひとってたしか、デキ婚してたんじゃなかった？　指輪……してたっけ」

マンウォッチングが趣味の真幸は、女性のファッションなども一瞬でサーチするように眺めるのがクセだ。なにかネタになるものはないかと探す習慣のせいだが、彼女の左薬指にはなにもはまっていなかった気がする。

首をひねると、直隆は一瞬気まずそうな顔になった。

「どしたの」

「……じつは、離婚したんだそうだ」

真幸は思わず「えっ」と声をあげた。

「ええっと、結婚するっつっておにーさんと別れて一年くらいだよな？　早くないか？」

以前聞かされた話を思いだし、なんだか妙だと顔をしかめると、直隆が目を伏せた。

「プライベートな話なんで、あまり深くは訊けなかったが……結婚した直後に残念なことになって、夫婦仲が気まずくなったとか言っていた」

「え、それ、流産……とか」

思わず小声になった真幸に、直隆も似たようなトーンで「はっきり言っていなかったが」と口ごもった。

「ともかく、いま彼女に子どももがいないのはたしかだそうだ」

「き、気の毒だったね」

重たい話に、真幸はおろおろしてしまった。女性にとっては一大事だし、心に疵《きず》が残っているかもしれない。そんな話を聞かされたなら、直隆も強く断れないだろう。

正直、印象の悪い女だったが、あれも傷心ゆえの強がりなのかもしれない。なにしろ直隆が四年もつきあった相手だし、それなりにいいところはあるのだろう。

「今回、投資にまわしたのも、離婚の慰謝料にもらった金らしくてな」

「そっか……大変なのかも」

しんみりと話を聞きつつ、では彼女はいまフリーなのか、と気づいて血の気が引いた。

「えとあの、より戻そう、とかは……」

「言われてはいない、だいじょうぶだ。ただ、この件については相談に乗ってほしいと言われている。……かまわないか？」

不安をきっぱりと否定してくれた直隆に真摯《しんし》な目で見つめられ、真幸は「もちろん」とうなずいた。

「仕事なんだし、遠慮することない。力になってあげるといいよ」

そっけなく見えるけれど、直隆はじっさいにはかなり情が深い男だ。ただ感性が独特なので、思いやりがわかりにくいし、誤解を受けるところもある。けれど、その不器用なやさしさを真幸はこよなく愛していた。

事情を知ったからには、真理子との関わりを止めるわけにはいかない。あからさまに嫉妬して直隆を不愉快にさせたり、気を遣わせたりしないように、自分でもセーブしよう。

だがやっぱり、保険くらいはかけておきたい。

「ただ、あの……彼女と打ちあわせするときは、ぜったい、『ROOT』使ってくれる？」

「ああ、それはかまわないが。なぜだ？」

真幸の頼みがふしぎなのか、目をしばたたかせる直隆に「ほら、その気になられても困るし」と半分だけの本音を口にした。

「真理子さん、ああいう賑《にぎ》やかなところ好きじゃないんだろ。未直くんの言うとおり、あそこなら、変なムードに流されたりしないよなって」

「……なんだ、心配しているのか？」

うん、とうなずくと、直隆が額をこつんとあわせてくる。なぜかその顔は微笑んでいて、やさしげに見える。

「そうか。真幸は妬いたのか」

「……妬いたよ。おっぱいないもん」

「心配しなくても、わたしは真幸のこれが好きだ」

つん、と指で乳首をつつかれ、「あんっ……」とちいさくあえぐ。上目遣いでうかがった直隆は、今度ははっきり嬉しそうな顔をしていた。

「感じやすいな」

「しないなら、いじるなよ。俺エッチい身体してんだから」

思わず手のひらで胸を覆《おお》い、「ばか」と睨むと直隆の顔が変わった。気配を察して目をつぶると、いつものとおりやさしく丁寧なキスが真幸をうっとりさせる。

何度か互いの唇を吸いあったあと、そっと口づけをほどいた直隆が、ささやいた。

「真理子……いや、岡部さまについては、基本の説明が終われば、あとは運用を任されるだけになる。じっさいにそれをやる担当者はべつの人間だし、俺自身はあと数回打ちあわせすれば、会わなくてすむ」

「……うん」

「それに、俺には恋人がいるとちゃんと言ってある」

だから心配するなと何度もキスをして、髪を撫でてくれる。大きな身体に腕をまわし、自分から口を開いて誘いながら、真幸は思った。

（ごめんね、直隆さん）

乳首をいじられてあえいだのは、ちょっとだけわざとだった。それから、『ROOT』に打ちあわせ場所を指定したのも、本当は自分の目が行き届くからだ。

（店長とかに、根まわししとこう）

真理子もいろいろあってお気の毒とは思う。思うが、あれはやばいと真幸の脳がアラートを鳴らしている。傷心のうえにバツイチとなった状況で、頼れる元彼があらわれたというのは、非常にまずいシチュエーションだ。

「かわいそうだけど……」

「うん？　どうした」

「なんでもない」

「なんでもなくないだろう？」

つぶやくと、直隆がきれいな目で覗きこんできた。胸が、きゅんとする。ささいな感情の変化なのに、鈍い男はいつもちゃんと気づいてくれる。それがどうしようもなく嬉しい。

「あの、ないと思ってるけど。浮気はいやだよ」

腕を首筋にまわして、真幸はささやいた。ちょっと媚《こ》びすぎかと思ったが、本音でもある。かわいそうだけど、この男だけは譲れない。ぜったいいやだ。だいたい自分から捨てておいて、拾いに戻ってくるのはずるい。

直隆を獲られると想像しただけで歯がゆくなって、勝手に涙ぐんだ。

「俺以外の女のひととふたりっきりになるのも、ほんとはやだなって思ってる。心狭くてごめん。でも俺ね、直隆さんいないと生きてけないから」

「……真幸……っ」

感極まったような声で、直隆がぎゅうっと抱きしめてくれる。そのままソファに押し倒されて、真幸は喜んで彼の重みを受けとめた。キスが濃くなって、身体のあちこちに性急な手が触れてきて、あえぎながら身をよじる。

「あ、やだ……おにーさん、そこだめ」

「お兄さんはやめろと言ってるだろう」

知りあった当初の呼び名はときどき口をついてでる。背徳的でちょっと、と言いつつ、直隆もじつは、最中にそれを言うと案外興奮するらしいことはわかっていた。

（ちょっとだけ、変態なんだよなあ。いいけど。好きだけど）

真幸とのセックスではじめて、頭が煮えるほどの快楽を知ったという直隆は、真幸とするのがすごく好きらしい。真幸もかなり好きなほうだが、激しいし大きいしよすぎるしで、正直、連日になると身体がつらい。

それでもいまは、拒む気などさらさらない。どういうプレイだろうが無茶をされようがどんとこいだ。

（どんな手使ってでも、ぜったい、渡せない。……ごめん、真理子さん）

自分が持っているものはぜんぶ与えて、徹底的に直隆をあまやかしたい。もっともっと夢中にさせて、溺れさせて――どうしてか残る不安を、彼の情熱で打ち消してほしかった。

＊　　＊　　＊

翌日。外出先でネットをつなぎ、毎度ながらのメッセンジャーチャットの画面を見ていた真幸は、仲間のなにげない発言で胃がぞろりと不安定にうごめくのを感じた。

【奥ママ：奪うのが好きな女っているわよね。ほかの人間のものになってる男にちょっかいだしてばっかりの】

ぎくりと鼓動が跳ね、キーボードに軽く触れたままの指が固まる。

ぼんやりと物思いにふけっていたため、しばらくチャットの会話に集中できていなかった真幸は、ログを追うことも、なんの話、と問うこともできないまま硬直した。

数秒ごとに更新される設定の画面を眺めていると、新しい発言が次々あらわれる。

【脇差：突然なにそれ、あんた自己申告？】
【奥ママ：違うわよ、ばかっ】
【Hatsudai_sun：こいつ、奪えるほどのタマじゃないでしょ。いま流行ってる昼ドラの話よ】
【U-rara：ああ、あのドロドロの六角関係の。ないわー。あれはないわー】
【奥ママ：そう？　案外リアルだと思うわよ～。略奪好きって、価値観を他人に預けてるんだと思うわ。自分じゃ、男の価値を決められないのよ。いるのよそういう女って】
会話の流れで、単なるドラマの感想だったことを知って全身の力が抜けた。
（な、なにびびってんだ、俺）
ほっと息をついた真幸は、チャット相手のひとりに【アンタはああいうの、書かないの？】と問われて我に返る。
【真幸：俺？　俺はもっとカワイイのが書きたいから……】
【脇差：はーいはい、ラブラブだからって言うんでしょ。ぺっ】
【U-rara：他人の不幸は蜜の味、他人の幸福は泥の味よっ！】
【真幸：ひどいな～（笑）】
仲間に冷やかされて、あたりさわりのない返事を返しはしたが、以前のようにのろけることはできなかった。事情を知っているHatsudai_sunこと日比谷も、会話にぱたりと参加しなくなっている。

ふだんはタイピングの速い自分が会話をぐいぐい押していくことも多いため、勘ぐられるのをおそれた真幸は早々に【ごめん、いま仕事つまってる】とチャットを落ちた。

「はーあ……」

チャット画面を閉じて、思いきり伸びをする。

「おい真幸、いくら客すくないからって、くつろぎすぎだろ」

カウンターのなかから注意が飛んできて「ごめんね店長」と真幸は笑ってみせた。

このところひとりで部屋にいると鬱々としてしまうため、最近の真幸は近所のファミレスなどにラップトップを持ちこんで仕事をしていることも多い。

夏場に自宅で仕事をしていると、パソコンの熱暴走を避けるため一日中冷房が欠かせない。貧乏暮らしだったころには、電気代を抑えるためにクーラーの効いた常連の店に陣取り、コーヒー一杯で粘ったりもした。

だがこの日は、ある人物との待ち合わせのための外出だった。

場所は、いつもの『ROOT』。

彼の大学の講義が終わり、準備ができ次第こちらにくると言っていたため時間はおおよその目安しか決めていなかった。おかげで手持ちぶさたになり、つい仲間うちでのチャットを覗いてしまったけれど、なんとなく引っかかりを覚えているいま、くだらないおしゃべりに興じる気分でもなく、早々に落ちたというわけだ。

（よくねえな、こういうの）

せっかく新規の仕事を請けて、手直しもたくさん指示された。がつがつ攻めるべきときなのに気力が湧いてこない。

プライベート、しかも恋愛でこうも振りまわされるという経験がないから、よけいにしんどいのかもしれない。いままでの相手なら、彼氏が浮気しようがなにをしようが仕事優先と割り切れていたのに、直隆については比重が重すぎてどうしようもない。

（あほか、俺）

思わずテーブルに突っ伏して自分をのろっていると、ドアが開き、元気のいい声が聞こえた。

「ごめんなさい、遅くなっちゃった！　でようとしたらゼミの先生に摑まっちゃって……」

息を弾ませ、額に汗の玉を浮かべてあらわれたのは、直隆の弟である未直だ。

「おひさしぶりです、マキさん。元気でした？」

「うん、おひさしぶり。そっちも元気そうだね」

未直は成人したとは思えないほど、幼い印象のあるかわいらしい顔をしている。さほど背も高くなく、きゃしゃな彼は、長身で、どちらかといえばきつい印象のある直隆とは対照的だ。

「汗かいてるけど走ってきたの？　そんなに急がなくてもよかったのに」

「遅刻、いやなんです。なんか落ちつかなくて……あ、アイスミルクティお願いします」

まじめなところだけは兄弟そろって同じだとおかしくなった。

ごくごくと喉を鳴らして水を飲んだ未直は、まだ赤らんでいる顔を手であおぎながら「あ、そうだ」と持っていた銀色の袋を差しだしてくる。

「これ、料理教室のほうで作ったんで、よかったら」

「え、なに?」

なかを覗くと、ジャムのはいった瓶《びん》と保冷剤がいくつかはいっていた。

「夏ジャムです。こっちはイチゴのプレザーブ、レモンジャム、グレープフルーツとルバーブ、あと桃のジャム。どれもあっさりにしてるので、ヨーグルトとかに混ぜてください。好きだって聞いたから、イチゴはたっぷりにしました」

「うわすっげえ……もうなに、未直くん、パティシエになれんじゃないの?」

未直が言ったとおり、真幸はジャムに目がない。とくにイチゴまるごとを煮くずれしないように加工したプレザーブタイプは、そのままおやつ代わりにつまんでしまうほどだ。

「こんなのタダじゃもらえないよ。お金払うよ、いくら?」

「いえ、素人のものにお金なんかもらえません。それに、うちじゃそんなに食べないし」

ぶんぶんとかぶりを振る未直に、じゃあせめてここはおごらせてくれ、ということで話をつけた。最後まで遠慮していた未直だが「年上の顔を立てて」という言葉にはうなずかざるを得なかったらしい。

「もー、マキさん強情」

「未直くんに言われたくないですー」

未直が真幸を愛称で呼ぶのは、一年近くまえ、直隆が「いまつきあっている相手なのだが」と素性を伏せて彼に相談した際、マキという名前でとおしていたからだ。

おかげで未直は、真幸のことをてっきり女性だと思っていたらしい。しかも初顔合わせの際、性別すら教えていなかったものだから、驚くなどというものではなかった。

弟がゲイであるのを認めてくれず、年上の男と交際するのを大反対した直隆が、いったいなんでまた、と仰天したらしいが、兄が本気であることをしっかり理解してからは、素直に歓迎してくれた。

──話に聞いてたのとすっごい違いましたし。ほんとびっくりでした。

初対面からしばらくして、しみじみ言った彼に、なにかまずかっただろうかと内心あせったのだが、未直はいたずらっぽく笑った。

──こんな、きれい系のしゅっとしたお兄さんだと思わなくて。なんか兄の話を聞いてると、小動物っぽい、ちっちゃいひとなのかなあ、って印象があったんで。

直隆の口からでる真幸像は、とにかく素直であまえんぼう、そしてちょっとわがままだけれど、むしろ男心をくすぐる感じ……というものだった。

聞かされた真幸は、なにそのプリティ小悪魔ちゃん、と驚いた。どちらかといえば自分で思う自分のイメージは、軽薄でちゃらちゃらした、ビッチタイプだったからだ。

しかし直隆の目には、自分がひたすら愛らしく映っているらしい。嬉しいやら恥ずかしいやら、そしてすこしだけ、妙な罪悪感を覚えるやらで、真幸はうろたえてしまった。

――ごめん、なんかイメージ違って、がっかりさせたかな。

恋人の家族に紹介されるというのもはじめての経験だったが、そのうえ悪印象を持たれては困る。真幸が眉をさげると、なぜか未直は目をきらきらさせながら「とんでもない」と言った。

――むしろ、すごい美形捕まえたんだってびっくり。兄と仲よくしてやってくださいね。

しっかりと手を握って言ってくれた未直とは、以来、それこそ仲よくさせてもらっている。

「でもありがとね。きょう会いたいって言ったのは、これだったのか。送ってくれてもよかったのに」

「あ、いえ。おれもひさびさにマキさんに会いたかったし。これはついでっていうか」

真幸がジャムを嬉しげに眺めつつ言うと、なんとなく歯切れの悪い未直がいる。どうした、と顔をうかがったところ、未直はくりんとした目を上目遣いにして声をひそめた。

「あの、おれ、この間、ともだちとこの店にきたんですけど……」

気を遣っているような言いかたにぴんときて、真幸は「もしかして真理子さんのこと？」と苦笑した。

「えっ、知ってるんですか！」

「うん、俺もここで鉢合わせたから。仕事の打ちあわせなのは本当みたいだよ。証拠の書類とくなった。

「なんだあー……すんっごい心配してたのに」

がっくりと未直はうなだれる。どうやら彼なりに気を揉んでいたらしいと知れて、申し訳なかまで見せてもらった」


「ごめんね、変な心配させて」

「あ、いいですいいです。ていうか、マキさんがいいなら、おれはもう、ぜんぜん」

ほっとした、と胸を撫で下ろした未直は、届いてから手をつけていなかったアイスミルクティを、ストローも使わずにごくごくと飲んだ。意外に豪快な仕種で笑ってしまう。

だが内心では、微妙な気持ちが去らなかった。

(じっさい、しつっこいんだよなあ……真理子さん)

あれから、真幸の不安が杞憂《きゆう》に終わればよかったのだが、投資の相談と称して真理子はしょっちゅう直隆を呼びだすようになっていた。

直隆の勤める会社は、基本は企業向けの相談やコンサルタントなどの商品を扱っているのだが、このところの不況で個人顧客向けのサービスも充実させようとしていた矢先だったため、むげにもできないらしかった。

じつのところ『ROOT』の店長には、それとなく状況を知らせてくれと告げてあったのだが、心配しすぎだとあきれていた店長も、たび重なる真理子と直隆の逢瀬に思うところがあったらしい。

　――なんっか引っかかるんだよ、あの女……。べたべたしっぷり、半端ないぜ。まあ、おまえの彼氏はひたすら仕事に徹してるっぽいけど、狙ってんのは間違いないだろ。

　白か黒かで言えば、どう考えてもあれは黒、トラブルメーカーの予感がすると言われ、日が経つにつれ、真幸は不安を募らせていた。

（おまけに未直くんにまで心配かけちゃってるんじゃなあ……）

　どうしたものか、とこっそりため息をついていると、グラスから口を離した未直が「ぷあ」と大きく息をついた。

「いや、でもよかったです。誤解で。マキさんが怒ってなくて。貢《みつ》ぎ物まで準備しちゃった」

「あはは、怒ってないよ」

　どうやらこのジャムは、未直なりに考えた懐柔策《かいじゅうさく》のつもりだったらしい。そこまでしなくても、と真幸が笑えば、彼はふっと真顔になった。

「まじめな話、兄が彼女とより戻したってなると、親のほうも心配すると思うんで」

「え……なんで？　だって、婚約までしてたんだろ」

　未直のきれいな眉が不愉快そうに寄ったことに真幸は驚く。

「婚約までしてたから、です。正直いって、うちの家族、彼女とあわないなあって思ってたんで。ただまあ、兄がいいならいいか、って感じでスルーはしてたんですけど」

たしかに先日一回会っただけでも、真理子の高慢な雰囲気や態度はすぐに知れた。メディアの仕事をしている日比谷にいきなり飛びつき、本来の知りあいである真幸については無視に近い態度をとるなど、あまり感じがいいとは言えなかった。

すくなくとも『息子のお嫁さん』に望むタイプとはかなり違うだろう。

「二股で婚約破棄のときも、あーやっぱり、って感じで全員ほっとしてたくらいでしたから。裏表激しいのは、兄がいないときの態度見てれば一発でしたし」

悪口じみるためか、未直はあまり詳しいことを話そうとはしなかったが、想像はつく、と真幸もうなずく。

「……でもさ、俺よりは女性のほうが、やっぱりご家族もいいんじゃや……」

自分とて、手放しで迎えられる存在ではない。兄弟である未直に受けいれられたことだけでも僥倖だと真幸がおずおず言えば、けろっと未直は言った。

「ああ。そういう理屈って、おれの家については適用外です」

どういうことだろう、と真幸が目をしばたたかせると、彼は苦笑いをしながら打ちあける。

「二年まえにおれがカミングアウトしちゃったとき、大反対してたのが兄だったんです。えっと、そのあたりのことはご存じですよね？」

「うん、それはまあ、なんとなく」

そもそも、そのこじれた兄弟関係が生んだ暴言がきっかけで、直隆とも知りあったわけだ。

当時のことを思いだし、真幸はなんとなく目を泳がせたが、気づかない未直は「兄もあんな性格なので」と苦笑した。

「当時、おれのことであまりにも兄が暴走したおかげで、逆に父も母も『ゲイでなにが悪いの』みたいな感じにシフトしちゃったんです。一年がかりで兄の説得にあたってるうち、すっかりリベラルなひとたちになっちゃったんですよね。むしろ、自分たちも自由に生きるぞ、みたいな方向にいっちゃって」

早期引退して田舎暮らしをすると決めた彼らの父母は、現在では長野のほうに土地を持つ親戚のもとへおもむき、カントリーライフを満喫するための準備中だそうだ。

「あっちには、一族郎党って感じで親戚もいるし、外孫とかばっかりだけど子どもも多くて。母も準備でいくたびに子守させられてるから、作るなら勝手にすればいいけど、あんたたちの子どもは面倒みないとか言いだしてる始末なんで。まあ、楽しそうなんですけど」

親子であっても、べつの人間、それぞれの人生はまた違うことは悟った。すこやかでさえあるのなら、ひとりだちしたら好きに生きていけばいい、と真野家の両親は語ったそうだ。

「ただ心配なのは、兄の老後が寂しくないかって、そのことみたいで」

――真理子さんにもふられて、あの子、だいじょうぶなのかしら。

――でも真理子さんが面倒を見てくれるとは、とても思えないしなあ……。

――直隆にしたって、家のこと、ろくにできないのにねえ。

仕事仕事でほかのことはおろそかになる直隆の将来、心身ともに寄りそい、世話をしてくれる誰かはいるのだろうかと、両親はそれだけを案じていたらしい。

「おれがそれとなく、子どもできないかもしれないけど、伴侶はできそうだってほのめかしたら『じゃ、もういいか』って感じだったから」

「なんか……ずいぶん心の広い、ご両親だね」

ほのめかされたのが自分のことだけに、真幸はなんと言えばいいかわからなかった。未直は、二十歳の青年だと思えないほどに穏やかな目で微笑む。

「いろいろ終わってから話すと、かなりあっさり風味ですけどね。たしかに運がよかったほうだとは思ってますけど、当時はけっこうな修羅場だったんですよ」

家出もしたし、生きていていいのかと思いつめたこともある。あかるく笑う未直の表情からは想像もできないけれど、それこそ真幸が出会った当時の直隆の暴言を思えば、納得がいった。年齢以上に悟らざるを得ない経験を、この子もしてきたのだろう。

「要するに、未直くんが最初に爆弾落としたから、あとは野となれ？」

「そんな感じです。だからね、心配しなくてもいいですよ」

十歳も年下の子に励まされ、真幸はすこし恥ずかしくなった。同じ歳のころ、自分はただ世を拗ねてうろたえていただけだったのに、未直は強いな、と思う。

「でもね、俺としてはちょっとだけ申し訳なくてさ」

真幸がぼそぼそと言うと、未直は「なにがですか？」と首をかしげた。

「だって直隆さんならきっとさ、いろんな女のひと、よりどりみどりだろうなって思うし」

その発言に、未直はしぱしぱと目をしばたたかせた。

「えっと、参考までにお訊きしたいんですが、兄がよりどりみどりというのは、どういう理由で、ですか？」

「え……いや、弟さんに言うのも変だけどさ。直隆さん、かっこいいでしょ」

「……ええまあ、はい。ルックスはいいですね」

一瞬の間がなにを意味するのかも気づかないまま、真幸はなかばひとりごとのようなそれを口にした。

「ルックスも、だろ。それに仕事熱心でさ、稼ぎもすごいじゃん。そりゃ、ちょっと言動とかセンスとか、変わってるとこもあるかなと思うけど、スレてないだけだろうしさ」

しぱ、とまた未直の長い睫毛がそよいだ。つくづく、ひとつひとつの動作が小動物っぽくてかわいらしい。こういう弟なら、直隆が心配のあまり暴走するのは当然のような気もした。

だがその小動物くんのかわいらしい唇が、なにか言いたげにむずむずと動いていることに気づかないまま、真幸は続けた。

「それに、ものすごくやさしいいし」

ぶぐふ、と未直の口からなにか奇妙な音がしたけれど、真幸は気づかなかった。

「なんていうの、頼りがいあるっていうか。大事にしてくれるだろ。未直くんのこと反対してたのも、心配だからで――」

「……げっほ！」

すごい勢いで未直は咳《せ》きこんだ。ぎょっとした真幸が彼を見ると、顔を真っ赤にして口を押さえている。けんけん、とひどく苦しそうに何度も咳をして、真幸はうろたえた。

「ど、どうしたの、だいじょうぶ？」

「ごっ……ごめ……ごめんなさい……」

ふるふるっ、と震えた未直は「ぶふっ……」とまた変な音をたてた。どうやら咳きこんだのではなく、噴きだすのをこらえていたらしい。

「も、もうだめ……ふはっ、あはははっ、ひひひひ！」

限界を超えた未直は、テーブルに突っ伏してげらげら笑いはじめた。合間で「ちょ、どんだけ」だとか「すごい、ラブフィルターすごい」という意味不明な言葉を口走る彼が真幸は心配になってしまった。

「み、未直くん？」

「いえっ、あのっ！　ごめっ、ちょっと待って……わ、わかった。これか、そうか。そりゃマキさん小動物って……ひひひひひ」

小動物に小動物と言われてしまった。いったいどういうことかと真幸が目をまるくしている

ETD442

と、ぜいぜいと息をしながら未直が顔をあげる。

「あ、あの、兄って。マキさんのこと、かわいいって言うでしょう」

「う……うん。まあ、似合わないのになんでかなとか、思うけど」

未直はまたもや噴きだした。大きくてきれいな目は潤み、顔は笑いをこらえてひくひくと引きつっている。ひとしきり身悶えたあと、彼は「笑ってごめんなさい」と目をこすった。

「いや、だってもうほんとに。ある意味安心しました」

「あの……なにが?」

笑われた理由も、いきなり安心される理由もわからずにいると、未直は大きく息をつき、呼吸をおさめながら言った。

「兄の、あのわっかりにくい性格の、ボーリングして強引に掘ったら水滴くらいはでるかなあっていうやさしさが、真幸さんには垂れ流しになってるんだなあと。だから、よかったなあと」

なにがよかった、なのか。ますますわからないのだが。困惑顔の真幸に、未直は断言した。

「だいじょうぶです。もうまじぜったい、兄さんと真幸さん、なにがあってもだいじょうぶですから、ほんと!」

「はあ……」

「いやもう、そこまではばかりなく、あの兄を愛してくださって、ありがとうございます」

ぎゅっと手を握られ、上下にぶんぶん振りながら未直はまだときどき、腹筋をひくつかせていた。相変わらず、ときどき目を逸らして「ぷっ」と噴きだしているけれど、応援してくれているのは間違いないだろう。

「ほんと、おれ、お似合いだと思いますよ。兄とマキさんと」

「そ、そう？」

「断言します。自信持って！　がんばって！」

なにがなんだか、と思いながらも、力強く励ましてくれる未直の存在が真幸にはありがたかった。

＊　＊　＊

いろいろと気がかりなことは多かったけれど、幸か不幸か、そればかりを気にかけている状況ではなくなっていた。

テレビ関係の仕事、などというと一般には派手なものに思われがちだが、裏方というのはけっきょく、どの業種でも地味なものだ。

ことに真幸のようなネームバリューのないライターとなると、クライアントからの一方的な要求に振りまわされることも多い。

「また直しかっ！」
メールでやってきた指示をまえに、真幸はひとり部屋のなかで叫んだ。思わずばんばんとPCデスクをたたけば、開いていたチャットから日比谷が突っこみをいれてくる。
【Hatsudai_sun：パソにあたったって、リテイクの事実は変わらないわよ】
【真幸：きもい。見たように言うな！】
【Hatsudai_sun：アンタのクセくらいお見通しだっての。さっさと期日内にやんな】
【真幸：わかってますー……】
【脇差：なに。真幸、仕事つまってんの？（笑）どおりで、八時になってもいると思った】
ぎくっとした真幸が【なにそれ】と返せば、【だっていつもならダーリンタイムじゃん】と突っこまれる。
【U-rara：そういえば最近、ダーリンいるから落ちるね♪　ってやんないね】
【真幸：……あのひとも忙しいの。きょうも残業】
【奥ママ：あらカワイソ。つーか、せっかくひとりならチャットしてねえで仕事やれや】
【真幸：わかってますっ！　仕事します！】
気分転換のためのチャットでまで追いこまれ、真幸はログアウトした。集中するために画面も閉じ、仕事用のエディタソフトをじっと睨んだが、なんとなく手につかなくて携帯をいじる。
【きょうも説明会で遅くなります。夕飯は会社でとるので、用意はしなくていいです】

夕方ごろにはいってきたメールを眺め、真幸はため息をつく。

チャット仲間に指摘され、ふてくされたコメントを残したとおり、直隆は残業だ。モニタ画面端の時刻表示はすでに夜の九時近い。

真理子の一件もかなり面倒そうではあったが、そんなトラブルがなくとも彼の仕事は忙しいらしい。いまは大きなプロジェクトを抱えていて、その責任者に直隆が抜擢されたのだそうだ。

無理をするなと思うが、あまり強くは止められない。知りあった当時は以前の職場で閑職に追いやられ、ずいぶん落ちこんでいた直隆を知るだけに、生き生きと働いている姿は楽しげにも見えて、それはそれで喜ばしいからだ。

（ワーカホリック気味のひとだしなあ）

ただし、そのおかげでこのところ、直隆とはすっかりすれ違いの生活だ。

会社勤めの彼は、ラッシュを避けるため朝の七時まえには家を出て、夜遅く戻ってくる。帰宅時にはすでにぐったりしていて、シャワーを浴びるなり爆睡だ。

真幸はといえば、昼夜問わずの状態で働く自由業。おまけにメディア関係の仕事の裏方は、深夜に動くことも多く、連絡のメインは夜半。そこで打ちあわせて仕事をすると、真幸の寝る時間は朝方近くになる。

そんなこんなで、一日のうちに直隆と顔をあわせられるのは、ほんの数時間。タイミングがずれると、まるっきり言葉も交わさないことすらある。

「忙しいのは、いいことなんだろうけど」

ため息をついて、真幸は椅子の背もたれに身体を預けた。

ドラマ関係の企画は順調ではあるものの、さすが低予算・少人数のWEBコンテンツ。めまぐるしいようなスピードで話が進んでいるうえ、細々した注文やリテイクも多いので、真幸も目がまわりそうだ。

すでにWEBの特設サイトも作られ、リアルタイムでの情報発信も必要なため、スタッフは二十四時間体制で動かなければならないし、制作が発表されているので締切は動かない。

「やるしかない、んだよなあ」

ぼやきはするものの、やはり自分の仕事がかたちになるのは嬉しい。大きく息をついて、キーボードをたたきはじめると、ようやく頭が集中していくのがわかった。

物語の世界に没入する瞬間の、このトリップ感が真幸は好きだった。ままならない現実世界とは違い、自分のチョイスする言葉でどんなふうにでも変化していくキャラクターたち。

条件を課せられたり注文をつけられたりもするが、その制限内でやりきることもまた、チャレンジ精神に火をつける。

リテイクされた内容と、自分の紡ぎたい話との折りあいをつける方法が見つかり、キーをたたく指が一気に加速した。

（……ん？）

しばらくシナリオに没頭していた真幸は、メールの受信アラームで我に返る。まさか追加の変更指定ではあるまいかと、いささか怯えつつソフトを開いた。

（なんだ、ブログの新着コメントか）

荒らしを防ぐため、ブログのコメント欄にきたメッセージはいちどメールで転送され、承認後に掲載というかたちをとっている。

特設サイトの影響か、真幸が仕事情報を載せている個人ブログのアクセス数も、以前よりは増えた。とはいえ、まだまだ駆けだしの身分でもあるし、もともと雀《すずめ》の涙ほどの訪問者しかいなかったので、さしたる数ではない。

棲《す》み分けのため、本名でやっているドラマ系の仕事ブログと、ゲームライター『名執マキ』名義でのブログとは、サーバーからべつのものにして運営していた。

（あっちはオタクの兄さんたちがいっぱいいきてくれるからなあ）

ギャルゲーについては、じつのところゴーストライターの仕事も多いので、すべての情報をつまびらかにしてはいない。だがあのジャンルには熱心なマニアのヘビーユーザーたちがいるためそこそこアクセス数が多く、なかには文体のクセでゴーストの仕事を見抜き、「じつはあのゲームのシナリオを書いたのはあなたでしょう」などと指摘してくる者もいる。

さきほど届いたメッセージも、やはりその手のマニア気取りの閲覧者からのものだった。

「そういうのはお仲間たちと、掲示板で推理ごっこでもして盛りあがってくれよ」

ブログから転送されたコメントを眺め、真幸は苦笑する。たとえばれればれであっても、名義をわけている以上この手のコメントは承認せずにスルーと決めている。

記録はブログ本体に残っているため、あっさりと転送コメントをごみ箱へ放りこんだ真幸は、めずらしく、ドラマ系ブログのメールフォームから受信したメールを発見した。

【Subject：その他のお問い合わせ】

表示されているのはシンプルすぎる件名に、相手のメールアドレスのみだ。件名が任意入力できないフォームを設置したおかげで、仕事の依頼も閲覧者からの質問もごちゃごちゃになって届く。

（いくら数がすくないっつっても、面倒だな）

今度もうちょっと設定の自由度が高いフォームに変えよう。

内心で思いつつ、まったく無防備にメールを開いた真幸は、最初の一文で凍りついた。

【はじめてメールさしあげます。わたしは名執弘幸《ひろゆき》と申します。】

「え……」

それは、意外な人物からのアクセスだった。名執弘幸――それは、もうとうに縁が切れたはずの、実家の兄だ。

その名前を目にしたとたん、突然、喉のあたりが締めつけられたように痛くなる。ぐらぐらと眩暈がして、奥歯が急に痛くなった。

「おち、落ちつけ。昔の、ことだし。ただの、メールだし」

だいじょうぶ、平気、心配ない。口にだして言い聞かせるのは、兄から殴られ徹底的に否定されたことで、いつまでも不安定さの去らない真幸に日比谷が教えてくれたコントロール方法だった。

顎をあげ、うえを向いて深呼吸。これも心を鎮める方法だ。震えるまぶたを閉じていた真幸は覚悟を決め、わななく指で画面をスクロールする。

息は乱れていたけれど、どうにかこらえて読みすすめた。

【検索にて、こちらのブログにたどりつきました。これがもし、同名の人違いであったら申し訳ないのですが、一応、友人に確認したところ、本人であろうという確信を得ましたので、思いきってご連絡いたしております。……真幸、ひさしぶりだ。元気にしているだろうか。】

冒頭のみが丁寧に、残りはぎこちない兄の言葉で綴られたメールには、ドラマサイトのスタッフ一覧で真幸の名前を見つけたこと、検索したのちこのブログを発見し、メールしてきたことなどが、妙にもってまわったような文章で書かれていた。

そして、くどくどしい説明のあと、本題と思われる文章があった。

【結婚式のとき、おまえの友人には世話になった。一度、話がしたいので、返事をくれないか】

そこからさきは、兄の現住所と電話番号、連絡のつく時間帯などの事務的な内容が記されているのみで、どうして連絡してきたのか、なぜ話をしたいのかなどの細かいことは書かれていなかった。

しばし茫然となった真幸は、まばたきを忘れていた目の痛みでやっと我に返る。

「え、なん……どうして？」

さほど長くもないメールを読み終え、真幸は自分が軽くパニックを起こしていることを知った。心臓がいきなり暴走をはじめ、息が切れる。

真幸はふたたびがたんと音をたてて椅子から立ちあがり、意味もなくうろうろと部屋のなかを歩きまわった。

（なんで？　なんで？　なんで？）

思考はまとまらず、頭のなかはその言葉ばかりを繰り返す。友人というのはおそらく、新《にい》山《やま》・スタントン・佐知子《さちこ》のことだろう。

彼女は兄嫁と共通の友人で、現在では夫とともに海外在住の身だ。

（なんで、さっちゃんに、世話になったって、あのこと？　でもなんで俺に？）

思いあたることといえば、ひとつしかない。

佐知子は高校卒業後、アメリカに留学し、そのままあちらに永住することになり、真幸たちともだいぶ疎遠になっていた。そのため真幸が名執家から勘当された事実や、弘幸がそれをおこなったことなども、まったく知りもしなかった。

数年ぶりの連絡のきっかけが、昨年おこなわれた弘幸の結婚式だ。出席するために帰国した佐知子が式のまえ、『式のときには会えるか』という手紙をくれた。そのときはじめて真幸は兄の結婚と、自分が呼ばれさえしなかったことを同時に知らされた。

そして、縁を切ると言った家族たちの言葉が、本当の本音だったということも。

勘当されたとはいえ、連絡先だけは教えていた。毎年の年賀状だ。「お元気ですか」とひとこと添えただけのはがきを、年に一度だけだしつづけていた。

十年間、一度も返信はこなかったことで、真幸も覚悟していたつもりだった。

けれども、家族にとって自分が最初からいなかったものと扱われたのだと理解したときには、いまさらながら家族がどれだけ自分を疎《うと》んでいるのかとショックだった。

人格すら全否定され、暴力と罵詈雑言で追い払われた二十歳のころに心が逆戻りし、壊れかけた真幸を、「なにも言うな」と抱きしめてくれたのは直隆だ。

──真幸はいい子だ。

あの言葉で、もろくなった心がどうにかつながれた。そして逃げだした真幸を根気強く追いかけまわし、強引にそばにいるよう説得してくれたことも、本当に感謝している。

彼がいなければ、立ち直れたかどうか正直わからないし、そのことでお互い、本気であるとたしかめあえた。きっかけとしてはヘビーだったが、結果は悪いものではない。

ただ、そのいきさつには少々、おまけがついた。

殻《から》に閉じこもっていた真幸は佐知子に返信すらせず、ましてや自分は式に行く予定がないことも言えなかった。

当日、佐知子は式場で真幸の姿が見えないことを訝《いぶか》り、探しまわった結果、新郎親族の噂話で勘当されたことを耳にした。そして兄の弘幸につめより、真幸へとふるわれた暴力やその後の仕打ちを知って激怒したのだ。

自由の国で個人の尊厳や権利というものに非常に敏感だった彼女は、弘幸の過去の行動に憤りをこらえられなかったらしく、式の際、金屏風《きんびょうぶ》のまえで新郎を殴り飛ばすという行動にでてしまったと本人からの報告を受けた。

そして真幸に対してのひどい扱いについても兄嫁へとぶちまけたため、一時期は夫婦仲も危うくなったらしいと佐知子から聞いてはいた。

(さっちゃんが同情してくれたのは、ありがたいんだけど……)

正直いえば、代わりに復讐したという話を聞いたときに、胸がすいたのは事実だ。けれどその興奮が冷めた真幸が「自分のせいで兄夫婦の仲が壊れるかも」と落ちこんでしまったため、彼女もその話題を避けるようになっていた。

当然直隆も、兄のことを蒸し返したりしないのだが、彼はその一件で佐知子の男気に感服したらしく、メールアドレスを佐知子と交換し、いまでは直接やりとりをしている。

話の内容は、よくわからない。直隆は堂々真幸の目のまえでメールを書いていることもあるし、ときに電話すらしていることもあるのだが、なにしろふたりのやりとりはすべて、英語なのだ。

真幸も中学レベルの英語くらいならなんとかなるが、ＴＯＥＩＣのスコア持ちである直隆と、すでに外国暮らしのほうが日本にいたときより長くなっている佐知子の会話は暗号並みで、知らない単語も満載のために読みとる努力を放棄していた。

そして直隆からも佐知子からも、兄のその後の続報は聞かされていないし、どうなったか知るのも怖くて、真幸から訊ねることもしなかった。

そこでいきなり、このメールだ。もう一度、最後の文面を読み直し、真幸は固唾《かたず》を呑んだ。

【結婚式のとき、おまえの友人には世話になった。一度話がしたいので、返事をくれないか】

「世話にって……これってお礼参り、とかってこと？」

口にした言葉の不穏さに、真幸の心臓がどくどくと、さらに不安定な音を奏でた。

弘幸が真幸を殴り、仕返しに佐知子が弘幸を殴った。そのとき兄は茫然として抵抗すらしなかったらしいが、時間が経ってその責任の所在を求めるさきを見つけたのだろうか。

これが報復のループになったら、と真幸は怯《おび》えた。

――おまえはっ、いったいなにをしていた⁉　この変態が！　恥さらし！

同性との行為を見られたあの日の、地獄のような痛みがよみがえる。

鬼のような形相でわめき散らし、自分を殴りつけている兄の身体が影となって迫る。がたがた、と音がして、真幸は無意識のまま立ちあがり、逃げようとしている自分に気づいた。

腰を浮かし、また椅子に座りなおす。意味もなく爪を噛み、髪を掻きむしった。

(どうしたらいいんだろう)

ふだんの真幸ならば、けんかも仕返しも上等だ。二丁目でふらついていた時期にはそれなりに危なっかしいこともしたし、それこそ殴りあいを経験したこともないわけではない。

なのに兄のことを考えると、一気に心が十年まえへ戻ってしまう。

小刻みに震える手を、もう片方の手でぎゅっと握りしめた。直隆に抱きしめてほしいと強く思う。一瞬携帯に手を伸ばし、彼へと連絡しようとした真幸は、けれどメールを打つことも、電話をかけることもできなかった。

＊　　＊　　＊

それから一週間が経過し、夏も盛りとなったころ、真幸の個人アドレスに日比谷からのメールが舞いこんできた。

【最近ブログ更新してないし、チャットにも顔ださないけど、どうしたのよ。まさかダーリンのことで、なにかもめたりした？　それとも、ほかになにかあったの？】

続いた文面は、仕事の連絡以外ではアクセスをとろうとしないところ、友人関係の集まりにはオンオフの双方とも寄りつこうとしないことで、心配していると書かれていた。

【アンタはビッチぶってるけど、根っこが引きこもりのオタクなんだから。本気で大変なときほど黙ってためこむのは知ってるのよ。アンタなんか変なこと考えてないでしょうね？　爆発するまえに愚痴くらい言いなさいよね】

心配されてありがたいやら、言いたい放題されて失笑するやら。真幸は力ない笑みを浮かべて、メールの画面を最小にした。

インフォメーションのために運営しているブログではあるが、ファンサービス的に日記のようなものもつけていた。日比谷が心配していたが、更新できない理由は兄からのメールで、自分の動向をすこしでも知られたくないため、ネットにもいっさい顔をだしていない。

比較的こまめに日記を更新していたため、頻度が低くなると「なにかあったのか」と心配してくるのは日比谷ばかりではない。ブログの数少ない常連閲覧者たちも、体調が悪いのかとコメントを残してくれたりする。

返信をしなければいけないと思うのに、気力がわかない。申し訳なく思いつつも、最低限仕事で関わる事柄以外は、すべて放置するような状態になっていた。

（ほんと、俺、こういうときって引きこもるよな）

日比谷の指摘したとおり、真幸は落ちこんだり衝撃を受けたりすると、とにかく逃げて閉じこもる。親切にしてくれたり、やさしくしてくれる相手だとわかっていても、いっさいの関わりを断ちたくなってしまう。

昨年、兄の結婚を知ったときがそうだった。酔った勢いで【あいたい】と直隆にメールし、飛んできた彼に昔語りをしたあと、我に返って逃げたくなった。

メールも電話も拒否し、家にすら寄りつかなくなって、当時手がけていたゲーム制作が追いこみにはいったのをいいことに、不必要なアシスタント仕事まで引き受けて泊まりこんだ。

その期間、ほぼ一カ月。ふつうならばとっくにあきれて見捨てるか、手を引くかするだろうに、直隆はやっぱり直隆だった。

居留守とわかっていたのか、『連絡をください』というメッセージカードをポストに投げいれてきた。しかも途中からはなぜかパソコン作成のプリントアウトしたものに、日付だけを手書きしたもの。手抜きだ、などと思ったけれど、ほぼ毎日レスポンスのない相手にそれを続ける彼の根性と努力に心を動かされたのは間違いない。

最終的には、逃げ場にしていたゲーム会社に強硬手段で押しかけられ、引きずりだされたかたちになったけれど、あれくらい強引にされなかったら真幸はいまも逃げたままだっただろう。

（でも、今回はなあ……）

相変わらず直隆は忙しいらしく、数日にいちど顔をあわせるだけ、というすれ違い生活は続いていた。おまけに疲労のためか会話をしていてもどこか上の空で、セックスの誘いもない。

真幸にしても、自分の状態があまりいいものではないとわかっているから、接触がすくないのは正直いって助かっていた。

というのも、兄からのメールがあれから、毎日のように続けて舞いこんでいたからだ。

【真幸、いろいろと話したいことがあります。時間があったら返事をください】

【メールは読んでもらえたでしょうか。返事は電話でもかまいません】

文面は多少違うが、どれも似たり寄ったり。話がしたい、返事をくれというものばかりで、その肝心の『話』の内容については、会ってから、と繰り返されてばかりいる。ときには日に二度もよこすことがあって、きのう届いたそれでついに十通を超えた。

【以前の住所に手紙を書いたのですが、宛先不明で戻ってきてしまいました。もしこれが間違いメールであるのなら、そう教えていただけませんか】

さすがにまったくの反応ナシであるため、相手も訝りはじめたらしい。

（いっそ、間違いですって返事すればいいのか）

メールフォームでは受信する相手のアドレスがわからないようになっているが、届いたメールに返事をするとなれば送信者のデータが兄のもとへ届けられてしまう。それが妙に怖かった。

結婚式に招待されなかったことが知れるまで、真幸は実家や兄のところに年賀状を送っていたけれど、今年のぶんは送らなかった。そしてそのままこのマンションへと引っ越したため、真幸の家族らが真幸を探そうとしても、いっさいの手がかりはない状態だ。

最初は報復かと怯えたが、必死な雰囲気の伝わるメールはいたって丁寧で、叱責するような気配はない。だからこそ、よけいに混乱するのだ。

「なんで、いまさら話とか言ってくるんだよ」

やっと吹っ切ったのだ。捨てられたと思いたくなくて見苦しくあがいていたことも、もうぜんぶあきらめた。自分には親兄弟はいない、直隆だけいればいいと、そう思って八ヶ月。

もう放っておいてくれないだろうか。肩を落としていた真幸は、玄関の鍵が開けられる音を耳にして、びくっとなった。

「真幸? ただいま」

「直隆さんっ?」

声が聞こえるまでしばらく動けなかったのは、まさか兄がここを突き止めたのでは、という妄想きわまりない怯えからだった。恋人の呼びかけにあわてて椅子から立ちあがり、いつものように玄関へと迎えにいくと、靴を脱いでいる直隆がそこにいた。

「おかえり。どうしたの、きょうは早いね」

ふだんなら帰宅時のメールは必ず寄越すのに、と真幸が首をかしげていれば、直隆は一瞬、困った顔をしたあと、ため息をついていた。

「悪かった。ちょっと連絡できる状況ではなくて……」

「ん、いいけど。ごはん、用意してないよ?」

「ありあわせで適当にするからいい。それより」

言葉を切った直隆は、いきなり真幸を抱きしめてきた。真幸は驚いて、言葉を失う。

「真幸……ちょっと、こうしていてくれ」

ふだん、あまえかかるのは自分のほうからなのに、直隆がこういう空気を醸《かも》しだすのはめずらしい。

「ど、どしたの？」

「ちょっとだけ。すこし、黙って」

ぎゅっと、痛いくらいに抱きしめられる。肩口に顔を埋めているからよくわからないけれど、一瞬だけ見つけた直隆の表情は、どこか切羽詰まったような感じがした。

「なにが……あったの？」

どんなに忙しくても帰宅のメールをかかしたことのない彼が、連絡できる状況ではないと言った。トラブルの予感に真幸が声をひそめると、直隆はしばらく沈黙したあと、重い口を開く。

「……まだはっきりとはしないが、致命的なミスが起きていた、可能性がある」

「え、それって仕事で？」

直隆は、すぐには答えなかった。沈黙が不安を呼び、真幸はおずおずと問いかける。

「だ、だいじょうぶなのか？」

「ああ。わたしの見こみがあまかった。ただ、対処のしようはあると思うけれど……面倒だ」

苦々しげにつぶやく直隆に、真幸はあわてた。基本的に自信家で、めったに愚痴などこぼす男ではない彼が、こうもぼやくというのは尋常ではない。

おまけに、慰めを求めるように抱きしめてくるなど、まったく直隆らしくない。

（え、どうしよう。どうしよう）

なにが起きているのか、自分はどうすればいいのか。まったくわからないまま軽くパニックに陥った真幸は、大きな身体をぎゅっと抱きしめ返し、思いついたままを口にした。

「あ、あのさ。もしまた転職するようなことになったら、俺のこと頼っていいからね」

「……え？」

「ここしばらく、頼らせてもらったおかげでちょっと貯金できたし。俺もっと仕事もがんばるから。なんだったらバイト復帰したっていいんだし、無理しないでいいから。おにーさんひとりくらい、なんとか養えるし！　ここんちの支払いは済んでるんだろ、ならなんとかなるよ！」

広い背中をさすりながら、懸命に言葉を探した真幸の耳に聞こえたのは、ちいさく噴きだした直隆の声だった。

「あ、ちょっ……なんだよ、笑うことないだろ」

「い、いや。すまない。べつに首になるとか、そこまでの話ではないんだ」

くっくっと肩を揺らして笑っている直隆の言葉に、なんだ、と身体の力が抜けた。

「らしくないこと言うから、心配したじゃん！　たいしたことないなら、そう言ってくれよ！」

「しかし、そうか……わたしが失職したら、真幸が養ってくれるのか」

「もし、の話ね、もし！」

おおげさなことを言ってしまった自分が恥ずかしく、赤くなりながら真幸はわめく。それでもしばらく笑っていた直隆は、ふうっと息をついて顔をあげた。

その顔はやけに真剣で、真幸はどきりとしてしまう。

「だいじょうぶだ。真幸に心配をかけるようなことはしないから」

「え、でも……」

「愛してる。真幸。ずっと、わたしを愛してくれ」

いきなり真顔で言われ、真幸は照れるよりも戸惑った。

(愛してる、とか……いったい、どうしたんだ？)

直球なのが売りだが、こういうのは直隆のキャラではない。なにかが変だと思いつつ言葉を見つけられずにいると、真幸の頬を撫でて直隆が言った。

「真幸こそ、なんだか最近疲れていないか」

「えっ……いや、べつに俺は。ただあの、ドラマの仕事ってじっさいに関わるのははじめてだから、ちょっと様子わからなくて」

忙しいだけだと言い訳すると、直隆は「気をつけろ」とやさしく言った。

「真幸は無理をしているつもりもなく、無理をするからな。行きづまったり、悩むことがあるなら、話くらいは聞けるから、頼ってくれ」

　本当は追及したいのに、言いたがらない自分を気遣って言葉を引っこめたのだということは、じっと探るような目の色でわかった。

「頼ってくれって、そっちのほうが顔色悪いよ」

「そうか？　夏ばてかな」

　直隆はわずかに目を逸らした。嘘のへたな彼が、精一杯ごまかそうとするときのくせに気づいて、どうしたらいいのだろうと真幸は困惑した。

　致命的なミス、などという言葉をおいそれと口にする男ではない。直隆は確実に、なにか悩んでいるのだろう。そして口をつぐんでいる以上、真幸に打ちあける気はないのだろう。

　ぎゅっと強く抱きついて、そのあと真幸は腕をゆるめる。なんだ、というふうに目を瞠った直隆へ、できるだけあかるく笑ってみせた。

「俺はさ、だいじょうぶだから。それより、ごはんどうする？」

「……ああ、なにか適当に、残り物でもあれば」

「卵とハムとネギならあるから、チャーハンくらいはできるよ」

　それでいい、とうなずいた直隆の手をとって引っぱる。はっきりしない会話に胸はもやもやしていたけれど、いまは平穏に振る舞っていたかった。

（なんにも、わかんない。けどひとつだけ、わかってる）

なにやら大変そうな直隆に、自分の悩みなど打ちあけられない。これ以上ややこしいことで心配をかけられない。それだけはたしかだ。

「あ、そうだ。忘れてた」

「ん？　なにをだ」

居間にはいる途中でくるりと振り返り、真幸は「おかえりのチュー」と直隆の唇を不意打ちで奪った。

あきれたような、困ったような顔で、それでも直隆が笑ってくれたことが、嬉しかった。

＊　＊　＊

夜半になっても、八月の夜は容赦のない暑さで喉を締めつけてくる。

待ちあわせの駅に辿りつき、改札の外でぼんやりとたたずんでいた真幸は、後頭部をいきなりばしんとたたかれてつんのめった。

「なにすんだっ」

「ひどい顔。ブスがますますブスになってる」

この暑いなかでもぴしりとスーツを着こなした日比谷は、うんざりしたような顔で真幸の顔を睨めつけた。

「……そっちが無茶なこと言ってリテイクばっかりだすからだろ」

「ダルいシナリオ送ってくるからじゃないのよ。直しいれるたびにどんどん悪くなるのはなんなわけ。アンタ言われたまんま、考えもしないでたーだ言いまわし変えてるだけじゃない」

ずけずけと言う日比谷は、真幸の目元にできたクマを眺めていやそうに舌打ちした。

「この間のもち肌どこいったわけ。ダァはなにしてんの、ダァは」

「言っただろ、あのひとは忙しいの」

あれから三日、兄のメールはぴたりと止まっている。

最後に届いたものは、もし間違いなら……という消極的な文面だった。もうあきらめてくれたのかもしれないと安堵するのは思考停止ゆえの逃避とわかっていたけれど、真幸はメールによって掘り返されそうなトラウマを封印するのが精一杯だった。

直隆が忙しいのをいいことに、意図的に生活時間をずらしているため、ここ数日は見事に寝顔以外見ていないし、言葉も当然交わしていない。

【しばらく、ばたばたしてメールもできないかもしれない。こちらのことは気にしなくていいから、夕飯などは用意しないでください】

大変そうな様子は短いメールからもうかがえた。忙しい直隆に気遣われてばかりで情けなく、けれどいまの自分の不調に気づかれたくもない真幸には、ちょうどいい申し出だったのだ。

やましさからふいと目を逸らした真幸に、日比谷は真顔になった。

「アンタまさか、あたしらからだけじゃなくって、彼からも逃げてるわけ?」

じっさいに顔をあわせるのは半月ぶりくらいになるが、その間、ひたすら引きこもっていた自分の顔色の悪さなどわかりきっている。せめても、夜の待ちあわせを指定したのは、薄暗いなかなら多少はごまかせるだろうという思惑からだ。

だが会うなりの厳しい指摘で、それが浅知恵にすぎなかったと思い知らされる。

「で、その死にそうな顔? 三十にもなってばかじゃないの? ひとりで空まわってヒロイン気取りもたいがいにしろよ、サムい」

「んだよ、事情も知らないでっ……」

「言わないやつの事情とか知るか。かまってほしけりゃ、ちゃんと要求しろ」

男言葉に戻っているあたり、本気で気分を害しているのだろう。真幸は一瞬言葉につまり、そのあとすぐにへらりと笑ってみせた。

「べつにかまってほしくとかねーし。日比谷、心配しすぎ。だからオカンだっつうの」

軽薄な嘘笑い。慣れた防御のポーズに日比谷は一瞬目元を歪め、ふうっとため息をついた。

「……ま、そう言うなら、それでいいわよ。どっちにしろ、アンタのことこじあけるのは、アタシのやることじゃないし」

「えー、なにそれエロい」

「このクソガキ、ほんっと殺したいわあ……」

「痛い痛い痛い！」

大きな手で頭を鷲掴みにされ、ぎりぎりと締めつけられる。ギブ、と両手を振りまわしたところで、どうにか日比谷の攻撃はやんだ。

「ああもう、いいや。仕事仕事。無駄な時間潰してないで、いくわよ」

「誰がよけいなことして時間無駄にしてんだよ……」

こめかみのあたりに痣ができている気がする。両手でさすりつつあとに続いた。

「ロケハンて、俺はじめてなんだけど。なにすりゃいいわけ？」

「今回は完全に下見。シナリオのシチュエーション変更の話はしたでしょ」

真幸はうなずいた。

もともと大学の部室で繰り広げられるシチュエーションコメディという話で持っていったのだが、ドラマ的には『絵』が地味すぎる。ひとの出入りも微妙ということで、設定を学生たちがたまり場にしているバーに変更する旨は通達されていた。

向かうのは、西麻布にある人気のバーだ。まずは日比谷と真幸のふたりでじっさいに訪れてみて、今度の仕事で使えるかどうか見てみるのが本日の目的だ。

「でも、この店ってちょっと学生のたまり場っていうには高級すぎんじゃない？　だったら、『ROOT』とかのほうが、雰囲気あると思うんだけど」

隠れ家的雰囲気がよいと、先日、情報雑誌に取りあげられた人気の店ではあるけれど、いかにも女性向けのお洒落な内装は、コメディよりもしっとりした恋愛ドラマのほうが向いている気がすると告げると「だから、一応の下見って言ったでしょ」と日比谷は言った。

「プレゼンってのは、基本、通したい一本のほかに、ぜったいだめな何本かを用意して選ばせるもんなの」

「さようで……」

引ったてられるようにして連れていかれながら、半分は嘘だろうなあ、と真幸は感じていた。今回の仕事は、プレゼンの必要などないはずだ。日比谷自身がディレクターである以上、決定権も彼にある。いまさらロケハンなどと言って、連絡を断っていた自分を仕事にかこつけて呼びだしたのは間違いない。

（へたな気、遣わなくてもいいのに）

それでも、気にかけてくれる誰かがいるのはありがたい。そう考えられるだけ、以前よりはましになったと思いたかった。

「ここよ。一応、話はとおしてあるから、見たいところはどこでも見せてもらえるから」

「へいへい」

いくつかの通りを曲がってたどりついたのは、ビルの谷間にひっそりと埋もれていそうなちいさめの店だった。人気店ということだが、なるべく営業の邪魔にならないよう早めの時間に訪れたため、店内にはほとんどひとの姿はない。

「おそれいります。本日、ご連絡さしあげていた日比谷ですが」

はいってすぐ、出迎えた店員に日比谷が名乗ると「お待ちしておりました」とにこやかに迎えられた。あくまで下見であることを伝え、ほかの客のじゃまになるような真似はしないので、などと説明している日比谷をよそに、真幸は店内を見まわす。

深海をイメージしたかのような青いライトに照らされた、きれいに掃除の行き届いたウェイティングスペース。流れてくる音楽はピアノジャズ。豪奢《ごうしゃ》で、けれど品よくまとまった生花。磨き抜かれた床は大理石だろうか。木目のうつくしいデコラティブな柱、壁面に飾られたエッチングはおそらく名のある作家のものだろう。

（うーん、やっぱ大学生のたまり場ってんじゃないな）

これだったら、もっと大人のストーリーにふさわしい。それこそバーを舞台にしたラブストーリーなどが似合うだろうと考えながら観察していると、耳に心地よいピアノの音色をぶちこわすような、甲高い笑い声が聞こえた。

「……だぁーからあ、いまがチャンスなんだってば、わかる⁉」

奥まった位置にあるカウンター席には、女性がふたり座っていた。

ひとのいない時間を狙ったというのに、カウンターに座った彼女は相当に酔っているらしく、女ともだちを相手に声を張りあげていた。ほかに客がいないこともあって気が大きくなっていたのだろう。

うわっと顔を歪めていると、声に気づいたらしい日比谷もいやそうに顔をしかめた。隣にいた店員が、申し訳ない、というように目を伏せる。

「こういう店で、ああいう酔いかたすんなよ」

「ま、まあまあ」

舌打ちせんばかりの日比谷をなだめようとしたとき、真幸はその女性が酔っぱらい特有の大きな仕種で首を振る瞬間を見てしまった。

「……うそ」

長く、つややかに巻いた髪に、きつめの美貌。ぎくっとした真幸とおなじく、日比谷も目を瞠る。「おい、あれって」とささやいてくる彼にうなずくと、彼女はうわずった声で叫んだ。

「直隆さんもさあ、ちょっとずるいと思うわけっ」

テンションのおかしな真理子の姿を、ふたりは信じられない思いで眺める。視線にまったく気づくことはなく、真理子は口早にまくしたてていた。

「ちょっと真理子、声大きいってば」

「ええー？　なにがよ。あたし、ふつうじゃん」

隣にいる、友人らしい女性は迷惑そうにしながらも、あせったように周囲をうかがっていた。

一瞬、真幸とその女性の目があう。申し訳ない、というように頭をさげられ、ぎくしゃくと会釈はしたけれど、けっして広くはない店内に響く真理子の声に眩暈がした。

「もうさあ、左遷《させん》されたっていうから使えねーと思って別れたのに、いまごろになってまえより給料いいとかなくない⁉」

けっと吐き捨てるその表情は、あの日に見せた上品さのかけらもない。

仕事にかこつけて、復縁を狙っていたこと。なかなかなびかない直隆にいらだっていること。はてはつきあっていたころの文句や悪口を並べ立てている彼女の姿は、見るに耐えない。

（なんなんだ、あれ）

怒りに震える真幸と日比谷は目を見あわせ、同時にうなずいた。こちらを振り返りもしない彼女のもとへとゆっくり歩きだす。

もうあとすこしで真理子たちに手が届くほどの距離にきたところで、隣にいた友人女性がふと、口を開いた。

「にしてもさ、真理子。嘘はまずくないの？」

ひんやりとした声は、鋭い響きを持っていた。真理子はそれに対し、鼻で笑う。

「嘘？　なにがよ。嘘ついてないじゃん、バツイチなのは事実だし」

ふふん、と笑って真理子は酒を口に運ぼうとした。グラスが空なのに気づくと、それを掲げて揺らしながら「おかわりっ」とまるで居酒屋よろしく声を張りあげる。カウンターのなかの店員は顔色こそ変えずにいたけれども、ほんのかすかに眉が寄せられたのを真幸は見つけた。

そして隣にいる友人は、彼女の空のグラスをひったくった。

「なにからなにまで、嘘だらけじゃないのよ！　直隆さんってひと、あんたが流産したと思ってるわけでしょ。そもそも妊娠してもいなかったくせに！」

（えっ……？）

思いがけない発言に、真幸は凍りついた。ぎょっとしたように日比谷が目を瞠り「どういうこと」と小声で問いかけてくる。あわてて、知らない、と真幸はかぶりを振った。

「まえの旦那さんにだって、それがばれて離婚させられたんでしょ。デキ婚狙って捕まえておいて。よく慰謝料請求されなかったって思うわよ」

「式は派手にやっちゃったからね。あっちも外聞があったみたいだからさ。さっさと別れるならそれでいいって言ったんだし」

ふてぶてしく言った真理子の言葉に、真幸は頭が真っ白になった。

——結婚した直後に残念なことになって、夫婦仲が気まずくなったとか言っていた。

直隆はたしかに、そう言っていた。真幸もそんな事情ならばと同情もした。なのに目のまえで交わされている会話は、それらがすべて偽りだったと述べている。

なにがなんだかわからず、凍りついている真幸のまえで、ふたりの会話は続いていた。

「にしてもさ……今回のはいくらなんでも、タチ悪すぎる」

「タチ悪いって、なにが？」

真理子をたしなめた友人は、いいかげんにしろと目をつりあげた。

「流れた子ども、本当は直隆さんのだったとかほのめかしたんでしょ。最悪すぎだよあんた！」

「そこまで言ってないよ。ただ、あの時期のあたしはだらしなかったから、わかんないって、二股のこと懺悔《ざんげ》しただけじゃない」

いままでの会話もたいがいだったけれど、今度こそ頭から冷水を浴びせられたかのように、真幸はショックを受けた。指先が震え、自分でもわかるほどに顔色が悪くなっていく。「クソ女」と日比谷が吐き捨てたけれど、なんの反応すらできない。

（なんだそれ、なんだそれ、なんだそれ）

拳を握りしめていなければ、いまにも殴りかかりそうだ。目を瞠ったまま真理子を睨みつけるけれど、彼女はやはり気づかないまま高笑いをした。

「あいつクソまじめだから、責任感じてくれそうだし。結婚してくれるまではいかなくても、慰謝料くらいはもらえるかもね」

「ちょっと、慰謝料ってなに⁉　もらえるわけないでしょっ」

「なんで？　もしもあたしがあのとき、子どもできてたら、ない話じゃないじゃん」

「だから、前提条件がおかしいって……ああ、もうっ」

もどかしげにかぶりを振った友人女性は、きっと真理子を睨みつける。

「嘘ついて結婚して、離婚して、またべつの男のひとに嘘つくの？　それ詐欺《さぎ》じゃない！」

「じっさいに起きたかもしれないことなんだし、可能性はあるでしょ」

「でも妊娠してないでしょ。じゃあ、嘘でしょ！」

「嘘ついたからなんなのよ。お金ほしくてなにが悪いの？　つうか、自分から呼びだしておいて、ちっちゃいことでウダウダ騒いでなんなの。男いないからって、ひがまないでよ」

友人は「もういいかげんにしなよ！」と叫んだ。

「ねえ、もうよしなさいよ。あんたそれ脅迫《きょうはく》じゃない！　だいたい、自分が二股かけて婚約破棄したんだよ、あっちから訴えられてもおかしくないのに！」

「なんで？　あたしはか弱い女の子なんだから、護ってもらえるのが当然じゃない。お金もらえるならもらいたいし。別れるときはつらかったんだから、慰謝料くらいほしいじゃん」

盗《ぬす》っ人《と》猛々《たけだけ》しい理論をぶちかました真理子に、友人女性はもはや絶句していた。

（なに言ってんだ、こいつ）

すさまじい開き直りっぷりに、真幸もまた茫然とするしかなかった。言ってやりたいことが多すぎて、言葉が身体のなかを渦巻いている。

——まだはっきりとはしないが、致命的なミスが起きていた、可能性がある。

それは仕事のことか、と問いかけたとき、直隆ははっきりとした返事をしなかった。なにかおかしいと思いながら見当違いの慰めを口にして、それで彼はどうにか、笑ってくれた。

——だいじょうぶだ。真幸に心配をかけるようなことはしないから。

（じゃあ、なに？　直隆さんがずっと悩んでたのって……）

真幸にこのことを知られず、どうにかしようとしていたのだろうか。

あんなにまじめでやさしい直隆は、もしや自分の子どもが……と考えて、やつれたのではないのだろうか。

自分を裏切った女でも、いまは大変だろうからと、力になってやればいいと、そんなふうに考える男だ。なのにいま、この女は、なにを言った？

「ふざけんな、なんだよそれ……っ」

我慢できず、真幸は真理子の肩を摑んで怒鳴った。「なにするのよっ」と声をあげた彼女は、振り返るなり真幸を見つけてぎょっとする。

「直隆さんに、なに吹きこんでんだよ。あのひとに、なにしてんだよ！　ひとの人生めちゃくちゃにする気か⁉」

一瞬しまったという顔をするけれど、すぐにふてぶてしい表情になる。

「なによ、あんたに関係ないでしょ」

「なくねえよ！　ふざけんなよ、あのひとが大変なときに勝手に捨てといて、今度はだますのか⁉　あんなやさしいひとばかにして……っ」

つめよった真幸の手を振り払ったはずみに鋭い爪が手の甲を引っ掻き、真幸は「痛っ」とうめき、もう片方の手でそれを押さえる。それにもかまわず、真理子はわめいた。

「なにがやさしいのよ！　気もきかないし話はつまんないし、セックスはやる気がないしさあっ。肩書き以外、あいつにいいとこなかったのに。女はね、安定したい生き物なの！」

「てめーの犯罪行為を一般論にすり替えんな、このビッチ！」

「ビッチってなによ！」

「ビッチじゃなきゃ、ユル股のあばずれのクソ女だろっ」

オネエ仲間らの辛辣《しんらつ》な言葉を借りて、真幸は彼女を罵った。かっと顔を赤くした真理子は「だいたいなんなの、あんたっ」と吐き捨てる。

「他人のくせに、なんでそこまで口だすの？　友情ごっこのつもり？　きもい！」

「てめっ……」

「そんなにムキになってさ、もしかしてホモ？」

本気ではなく、中傷のつもりで言ったのはわかっていた。けれど真幸は一瞬黙りこみ、他人の弱みに鼻のきく女は「へええ」といやな笑いを浮かべる。

「いやだ、ほんとにホモ？　あの鈍感な男が好きなわけ。やーだ、まじできもいんですけど。同居してるって言ったけど、まさか狙ってるわけ？」

「ちょっと真理子、もうやめなって」

友人女性が気の毒そうに真幸を見た。彼女の腕を掴んでたしなめるけれど、真理子はそれを振りほどき、立ちあがるなり真幸の胸を突き飛ばしてきた。女の細腕ながら、力かげんのできない酔っぱらいの力は強く、真幸は軽くよろける。

「もともとあれはあたしのだったの。あたしのものに、なにちょっかい出してんのよ、ホモ。ほんっと気持ち悪い」

「……っ」

偏見もあらわな罵り言葉など、ふだんなら、いくらでも言い返せただろうと思う。

だが兄のメールのせいで、過去の痛みがぶり返していた真幸にとってその言葉はナイフよりも鋭く突き刺さった。

頭ががんがんして、言葉がでなくなる。もうとっくに治療している、直隆のおかげでインプラントをいれた奥歯がずきずき痛み出した。

青ざめた真幸をまえに、日比谷がついに割ってはいる。

「ちょっとおまえ、いいかげんにしろよ」

「あっれ。日比谷さんもこの男、庇《かば》うんだ？　ひょっとしてあんたも、同類？」

あざけるような真理子の声に、日比谷はぞっとするような目をして告げた。

「そのまま言い続けたら、名誉毀損《きそん》ででるとこでるぞ」

「名誉もなにも、事実を言ってるだけじゃないのよ。ホモはホモだって――」

あざ笑おうとした真理子は、突如、頭上から大量の水をかけられた。きれいにセットした髪は一瞬でぺしゃんこになり、「な……」と目を瞠る。

「いいかげん頭を冷やして、下品な言動はやめたらどうだ」

そこには、カウンターのうえにあったピッチャーを手にした直隆が、表情も変えずに立っていた。真幸はその突然の登場に驚くけれど、真理子は自分の惨状にしか意識がいっていないのか、ひたすらわめき散らす。

「なにこれ、ひどい！　なんでえ⁉」

「なんでじゃない。これで我慢したことを褒めてほしいくらいだ」

もめごとの気配に、店員が飛んでくる。その手にピッチャーを戻し、直隆は深々と詫びる。

「お騒がせして申し訳ない。すぐに片づけますので、もう少々お時間をください」

慇懃《いんぎん》だが迫力のある言いざまに、店員はあらがえないようだった。迷っている彼に、日比谷が「ちょっと」と手招きして、なにごとかを耳打ちする。

こくこくとうなずいた彼は、バーテンダーに目配せをして、店の奥に消えた。にやっと笑った日比谷は、直隆に向かってあかるく告げる。

「人払い完了。思う存分どうぞ」

「ありがとうございます」

うなずいた直隆は真理子に向き直ると、まるで感情の読めない声で言った。

「岡部さま。本日をもちまして、あなたとの契約は終了とさせていただきます。社の判断もあおぎ、これ以上、個人的な内容で拘束されることは業務上妨害と見なし、場合によっては訴えることも考えております」

「なっ……妨害って、なんで」

「わたし宛のメールだけでなく、社長ほかにも、事実無根の妊娠騒ぎについて訴えようとされたのはまずかったですね」

ぎょっとして、真幸は直隆を見た。軽くうなずいてみせる彼は、安心させるように真幸の目を見て一瞬だけ微笑んだあと、ふたたび真理子へと通告する。

「こちらは裁判も辞さないつもりです。どうなさいますか」

「じ、事実無根じゃないわよ！　本当にあたし――」

直隆はそこで、ふっと笑った。酷薄《こくはく》ですらあるそれに、その場の全員が凍りつく。

「水谷《みずたに》さん、ご協力ありがとうございました」

こくりとうなずいたのは、真理子の連れの女性だ。彼女はそっと自分のカーディガンのまえを開き、襟元《えりもと》にセットしたポータブルプレイヤーについているマイクを見せた。

「な、なにそれ、よこしなさいよ！」

「ちょ、やめろって！」

爪を立てて奪いとろうとする真理子と水谷の間に、真幸はとっさに割りこんだ。がりっと顔を引っ掻かれたが、背中で庇った水谷はごく冷静で、機敏な動きでポータブルプレイヤーを直隆へと投げる。空中で受けとった直隆に向け、静かな声で報告した。

「ここにはいってから、三時間ぶん録音してます。いやな話もいっぱい、聞くと思うけど」

「想定内ですから」

愕然《がくぜん》とした真理子は、真っ青になって震えている。「さて」と直隆は冷ややかに言った。

「きみがもうおとなしく引っこんでくれるなら、これを使って公的に訴える真似もしないでおこうと思ったんだが」

「な……なに?」

「真幸に対しての暴言と暴力は、別件になる。刑事事件のほうでも、起訴されたいか?」

ひ、と真理子は肩をすくめた。水浸しでがたがた震えはじめた彼女の姿はさすがに哀れでもあり、真幸はあわてて直隆をとりなそうとした。

「い、いいよべつに、俺は。どうってことない」

「よくない。すこしも、これっぽっちもだ」

怒り狂っている直隆の目つきに、真幸ですら怯《ひる》んだ。びくっとした真幸の頰に手を添え、直隆はきつく眉を寄せる。

「痛いか」

「こんなのかすり傷だよ。たいしたことないし、平気だってば」

「そんなわけがない」

うめくように言った直隆は、ひとまえだというのに真幸の頭を抱えこんだ。「えっ」と声をあげた真幸があわてて離れようとしたのに、彼はぎゅうぎゅうと抱きしめてくる。

「どうしてこんなところにいるんだ。もうすこしで、なにごともなく片づくところだったのに」

「え、あの、偶然……」

先日の『ROOT』で出くわしたことについては必然とも言える行動範囲の狭さゆえだが、今回のこれは純然たる偶然だ。いくらなんでも引きが強すぎる、と真幸自身でも奇妙な気分になっていると、ろくに聞いていない様子の直隆が苦いつぶやきをこぼした。

「真幸に怪我をさせるなんて」

頭上から、深いため息が聞こえてくる。心底から悔いているような声に、どれほど彼が思ってくれているのかを知り、真幸は赤くなってしまった。

「は、離して、直隆さん」

言っても聞かず、直隆は真幸の髪に顔を埋め、地肌に口づけるような真似までする。

「きれいな顔なのに、かわいそうに……。傷が残ったら責任はとるからな、真幸」

（ひーっ、なにこれ、なにこれ）

もはやパニックになった真幸は目をまわした。なんらはばかりなく真幸を溺愛《できあい》する直隆の姿に日比谷は「あーあー」と苦笑し、水谷は驚いたように目をまるくしている。

「な、なにそれ、なんなの？　まさか……嘘でしょ」

抱きあうふたりに唖然としていたけれど、真理子はようやく事態を理解したのか、声を裏返した。

「だって直隆さん、違うじゃない！　そっちじゃないでしょ、違うでしょ！」

おかしい、変だとヒステリックに目をつりあげた彼女のまえで、真幸を手放さないまま直隆は言ってのける。

「なにが違うんだか知らないが、わたしは真幸の彼氏だ。もう一年つきあってる。この世で、いちばん大事なひとだ」

「ちょっ……なによじゃあ、あんたもホモなの⁉」

「ホモというのは同性愛者に対して蔑称《べっしょう》にあたる。しかもさっきから悪意を持って連呼しているな。本当に名誉毀損で訴えられたいのか？」

むかし、似たようなことを彼に諭された覚えのある真幸は思わず噴きだしそうになる。だが真理子にとってみれば、笑いごとではなかったらしい。

「だ、だって……知らなかった。あたしだまされたんじゃない！」

「真幸とつきあったのは、きみにふられたあとだ。だいたい性的嗜好《しこう》が潜在していたとしても、だましたことにはならない。むしろ不貞《ふてい》行為や虚偽のほうが、法的にはよほどまずい」

冷たい目でじろりと直隆に睨まれ、さすがに真理子は怯んだ。

「おとなしくいなくなってくれれば、こちらだってことを荒だてたりはしない」

「……だって……」

「もうこれ以上、みっともない真似をしないでくれ。本当に情けなくてたまらない。頼むから、過去の関係まで後悔させるようなことは、やめてくれないか。むかし、きみとつきあっていたこと自体が恥だと、そう思わせるのは勘弁してくれ」

きっぱりと最後通牒《さいごつうちょう》を突きつけられ、また逆ギレするかと思った真理子は、ふっとその日から力をなくした。

「……なんでよ」

そして突然、ぼろぼろと泣きだした。

「なんでよ、なんでよ……オトコなんてどうせ、セックスさせればいいだけじゃん……そればっかりじゃん！　それで、条件のいいほうにいって、なにが悪いのよ……っ」

様子のおかしな彼女に、真幸は「真理子さん……？」と呼びかける。聞こえていないのか、彼女はうつろな目で、顔中をくしゃくしゃにして泣いていた。

「あたしがなにしたっていうの？　がんばってきれいにして、いい男捕まえようと思っただけじゃん。なにがいけないのよぉ……っ」

しゃくりあげるさまは、まるで子どものようだった。どこか壊れてしまったのか、と心配になる真幸を、直隆は動くなと言うように強く抱きしめている。

それまでじっと彼女を見つめていた水谷が、そっと真理子に寄りそい「ばかだね」と言った。

「お金がほしいなら、ふつうに働けばいいでしょ。あんた美人なんだから、度を超して欲をかく真似さえしなければ、ふつうに養ってくれる男くらい、すぐ見つかるわよ」

化粧が崩れるのもかまわず、顔をこすってはめそめそする真理子の濡れた髪をハンカチで拭いた水谷は、直隆に向き直り、「これで勘弁してやってくれませんか」と言った。

「真理子、たぶんもう、プライドぺっしゃんこだし。お灸も据えたことですし、あとは、あたしが責任持って言って聞かせますんで」

直隆に情報をリークするようなこともしたが、友人を見捨てたくはないのだろう。言葉のとおり、改心しない友人にきつい灸を据えるつもりだったのかもしれない。

打ちあわせずみでもあったのだろう、直隆もあっさりとその言葉を受けいれた。

「わかりました。申し訳ないけれど、彼女を送ってやってくれますか」

タクシー代だと直隆が財布から紙幣をとりだす。水谷はとんでもないと言ったが、「迷惑料もこみで」と告げたら、わかりましたと受けとり、べそをかく真理子を連れて去っていった。

いま目のまえで起きたことが信じられず、真幸はぽかんとなっていた。

(なんだったんだ)

「だいじょうぶか?」

「え、あ、うん」

至近距離でささやかれ、自分の状態に気づいて赤くなる。気づけば、ずっと抱きしめられたままだった。人払いをしたとはいえ、いくらなんでもこれはまずい。

「あ、あの、直隆さん。離してくれる？」

「……ああ」

なんだか渋々、といった感じで直隆が腕を離してくれた。あわてて数歩あとじさった真幸の背後には、にやにやしている日比谷がいる。睨みつけると、彼はおどけたように肩をすくめてみせ、真幸はますます赤くなった。

直隆だけが平然と、彼にむかって頭をさげる。

「日比谷さんにも、ご迷惑をおかけしました。トラブルに巻きこんだようで、申し訳ない」

「いやいや。おもしろ……ごめん、興味深いもの見たし。いっそドラマにまんま使いたいくらいだね」

「悪趣味なこと言うなよ、おまえ」

いやな予感を覚えつつ真幸が睨むと「あたしも迷惑料ほしいいし？」と彼はうそぶいた。

「正直、いけると思うのよねえ、いまのやりとり」

「俺は書かないからな！」

「あんたじゃなくて昼帯のドラマでってことよ。いかにもじゃないの愛憎劇。真幸の立ち位置をヒロインにすりゃ完璧だし……」

ぶつぶつと勝手な企画を練りはじめた日比谷に真幸が怒鳴ろうとすると、直隆が「わたしはかまいませんが」と言った。

「ちょっ、直隆さん、なに言ってて っ」

「だってどうせフィクションだろう。こちらの身元がばれるようなことがなければ、好きにしたらいい」

「やっだー、話わかるのねえ。ありがと！」

にんまりとした日比谷の言葉遣いがオネエそのものであることに、直隆ははじめて気づいたようだ。ぱちぱち、とメガネの奥の目をしばたたかせたあと、小声で問いかけてくる。

「……彼は、あれが素なのか？」

「うん。そう」

「なんというか。ふしぎなキャラクターだな」

困った顔をする直隆に、あんたのほうがよほどふしぎキャラだと言ってやりたかったが、そこはこらえた。

「にしても、すげえ偶然だったな、今夜」

まさかこんな場所で、こんな場面に遭遇するとは。いくらなんでもかちあいすぎだと、真幸はなんだか怖くなっていたが、目のまえの友人は「うーん」とうなった。

「もしかすると、アタシのせいかも」

つぶやいた日比谷の言葉に、目をしばたたかせた。

「おまえのせいって、なに？　どゆこと？」

「ほら、『ハチブン！』やってるじゃない。あれでこの間この店、取材したのね。来週放送予定なの。アタシもそれで目をつけたんだけど」

「え？　じゃあまだ放送してないじゃん。それが、どうしておまえのせいになるんだ？」

真幸が首をかしげていると、面倒くさそうにしながら日比谷は自分の携帯を開いてみせた。

「ほら、これ見て」

「……なにこの着信履歴？」

「ある意味まめな女だなあと思うんだけどさ。アンタのダァにコナかけつつ、こっちにもつなぎつけてきてたわけ」

名刺にあった携帯メールと電話には、かなりの頻度で連絡がはいっていたらしい。業界人らしく、おいそれとひとの縁は切らない日比谷は着信拒否こそしなかったが、たび重なるメールにまともに返事はせず、仕事の先行情報ＤＭを返事代わりに送っていたらしい。

「なんでそんなことやってんの？」

「この手の仕事になると、有象無象の知りあいが増えるから。フォルダ振りわけて、鬱陶しそうな連中用に適当な情報だけ与えとくのよ。完全無視するとしつこいけど、挨拶が一行か二行はいってれば、返事がきたことに満足するからさ」

要するに個人でやっているメールマガジンのようなもの、だそうだ。顔が広いというのもなかなか面倒なものらしいと真幸は口を歪めた。

「ま、そんなわけで、来週の放送で、ここの店のこと放映されますよ、って知らせたのがおといかな。もう自動送信に設定してるから、彼女に教えた、って意識はなかったけど、あの女も番組見てるって言ってたじゃない？　意外にチェックしてたのかも」

「あ、なるほど……」

つまりまわりめぐって、店を教えたのは日比谷ということになる。ようやく呑みこんだ真幸がうなずくと、彼はため息をついた。

「今夜うっかり、仕事で使った店とかチョイスしたのはまずかったわよね。考えてみたら、あいうタイプって、なんでも早いの好きじゃない。ひとが飛びつくまえに『有名な店にいった』って自慢したがる。鉢合わせの可能性、考えておくべきだったわ」

悪かったという彼に「それこそ偶然の話だろ」と真幸は力なく笑った。

「結果の話だし、なんにも日比谷のせいじゃないよ」

でも、と眉をひそめた彼の肩を、軽く握った拳でたたく。

「それに日比谷、仕事にかこつけて、気分転換させてくれようと思ったんだろ」

「まあね……あんたまた、悪い方向に引きこもってそうだったからさ」

真幸の額を指ではじいて、日比谷はかすかに苦笑した。ありがとう、と小声で言えば、素直じゃない友人は「意味わかんない」と笑う。

「それに、ちょうどよかったし」

え、と真幸が目をしばたたかせると、日比谷は直隆に視線を向けた。いやな予感がしたけれど、止めるより早く彼は口を開いた。

「あのね、こいつあなたに遠慮して、なにも言えないようなんですけど、なんか無駄に落ちこんでるんですよね」

「ちょっ、日比谷、それは」

「ぜったいになんかあったと思うので、多少手荒にでもいいので、聞きだしちゃってもらえないですか？　じゃないとうっとうしいことになって、友人として面倒なので」

よけいなことを言うなとあわてる真幸のまえで、直隆は真摯に頭をさげた。

「ご心配をおかけして、申し訳ない。真幸のことについては、こちらの件が片づいてから、と思っていて後手にまわりました」

いっさいあせった様子のない直隆に、日比谷は「おや」と目を瞠る。

「もしかして、こいつがおかしいの、とっくに気づいてた？」

「当然です。真幸は、わかりにくいようでいて、わかりやすいので」

はじかれたように顔をあげた真幸の髪を、すこし眉を寄せた直隆が撫でる。

「もう、話してもだいじょうぶか？」

「なんで……」

「真幸の落ちこむときのパターンくらい、わたしだってわかってる。いろいろ様子見したりして後手にまわったが、遠慮する必要などなにもない」

肩を抱いて引き寄せられる。思いがけず強い力に、所有権を示すための行動だと知れた。日比谷に対して微妙に妬いているらしい直隆が恥ずかしいと思うのに、嬉しさのほうが勝っている。うっすら赤くなった真幸を見て、友人はあきれた顔になる。

「……そんなに牽制しなくても、なにもしやしないわよ」

苦笑した日比谷は、「あとのことは任せてくれればいい」と告げ、言葉にあまえたふたりは寄りそうようにしてその店をあとにした。

＊　＊　＊

自宅に戻った直隆と真幸は、リビングのソファに座り、お互いの手を握りあっていた。引っかかれた頬の怪我はたいしたことはなく、消毒して絆創膏を貼って終了。心配そうに何度もそこへと視線を落とす直隆へ、真幸は笑ってみせる。

「この程度、たいしたことないって」

「だが……」

「ほんとに平気。兄貴にやられたときなんか、顔、変型してたんだから。それでも無事に治ったんだしさ」

するりとその言葉が口からでてきて、真幸は自分にほっとした。兄からのメールがあったことを、今夜、いまなら話すことができる。そう確信できたからだ。

だがそのまえに、気がかりなことがあった。

「この間、致命的なミスが……って言ってたのって、真理子さんのこと？」

「そうだ」

今夜のやりとりでおおむねわかってはいたことだけれど、直隆は真理子に、流産した子どもはあなたのものだった、とつめよられていたそうだ。

「えっと、信じた？　可能性があったわけだし」

婚約までしていたのだから、当然それなりの関係はあったはずだ。過去のこととはいえ胸苦しさを覚えて問いかけた真幸に、直隆はあっさり首を振った。

「いやまったく信じなかった」

真幸が「えっ、なんで」と驚くと、彼は心底いやそうに顔を歪める。

「言っただろう。以前、わたしをやっつけ仕事だと罵ったのは彼女だ。そもそも、そういうことをするのも何カ月にいちど、という状態だった。デキ婚するからと言われたとき、完全に計算があわなかったことで、相手の男の子だろうとしか思えなかった」

「計算があわないって、どういうこと」

「当時はまえの職場のゴタゴタで、デートしても夕飯を食べたら仕事に戻ってる状態だったんだ。半年以上セックスレスだった。ある意味ほったらかしでもあったし、それであきれられたんだとしても、まあ仕方ないと納得するしかなかった」

「半年⁉」

真幸は思わず声を裏返した。いまの直隆ではあり得ないほどの枯れっぷりだ。彼が自分と出会ってからは別人のようになったと自他ともに言われる理由の一部が、ちょっとわかった気がした。

「子どもがいるから結婚すると言われた日にも、彼女の腹はいまとおなじく薄かった。妊娠初期ならともかく、半年まえの結果というのはどう考えてもあり得ない」

真理子は真幸よりふたつ年上の三十二歳、女性の肉づきがふっくらと変わりはじめる年齢のはずだが、よほど努力しているのか身体は非常に締まっていた。今夜もぴったりと身体に沿うワンピースを着ていたけれど、腹部は真っ平らといっていいくらいだった。

「うん、まあ……個人差あるにしても、それは、ないね」

「だからわたしとしては、いったいなにを言っているのかと思った。むろん、本人に矛盾点も指摘したし、当時の記録も証拠として見せたんだが」

「記録って、なに」

「手帳に、会った人間のことはすべて書いてある。それと婚約指輪を別れ話と同時に返却してもらったから、それを売ったときの書類やなにかが残っていたからな」

さすがにもと銀行づとめと言うべきか、直隆はいやな思い出の品を売買した証拠でも、収入の記録として残しておいたそうだ。

「だから逆に困ったんだ。いくら事実無根だと言っても、あれはわたしの子だったと言い張る。果ては会社にまで迷惑をかけはじめて、いよいよ弁護士でも頼むかと思っていた」

直隆は疲れたようにため息をつき、ソファに背中をもたれさせる。いくらタフな彼でも、わけのわからない言いがかりをつけられたことには心底まいったのだろう。

お疲れさま、と真幸は広い肩を撫でる。軽く首をかしげた直隆がやさしく笑ってその手を握りしめてきた。

「ごめんね。話、聞いてやれなくて」

「言う気もなかった。自分で解決できる話だったし、よけいな心配もかけたくなかった。過去のことをきっちり清算できていないのは、わたしのミスとしか言えないしな」

直隆はそういうひとだとわかっている。それでも「ごめん」とつぶやいて、真幸は彼の肩に頭を乗せた。長い腕がまわり、肩を抱いてくる。もう片方の手は握られたままで、ほっと息がこぼれると同時に、言葉もまた滑り落ちた。

「……真理子さん、ほんとにだいじょうぶなのかな」

直隆に嘘を暴かれた真理子。もっと憎々しげに、開き直るとばかり思っていた。なのにいくら酔っていたとはいえ、あの程度で泣きだした彼女のことが妙に心に引っかかっている。

「あれって、その場しのぎとか、同情引くためとかの涙じゃなかった」

「本心からだろうな。真理子が嘘泣きするならもっときれいに泣く」

嫌みを言うわけでもなく、事実をそのまま述べている口調の直隆に真幸は思わず笑いそうになった。だがまだ話は終わっていないと、あわてて顔を引き締める。

「あのさ、気になるんだけど。ともだちのほう、水谷さんだっけ？　なんであんなに用意周到だったんだ？　追いつめたわりには、フォローに熱心だったし」

「今回の件は、水谷さんのほうから持ちかけられたことでもあるんだ」

直隆がぽつぽつ語ったところによると、以前から水谷は真理子の暴走気味の行動を懸念していて、なんとか止めようと思っていたそうだ。

直隆にちょっかいをかけはじめたことを知り、「いまここに勤めてるの」と自慢げに見せびらかしてきた会社名を覚えていて、彼女を止めたい、協力すると電話をくれた。

「あのままでは、わたしにも、そして真理子にとっても、最悪な事態になるからと言われ、今回の計画をふたりで練ったんだ。水谷さんも、彼女は酔うと口が軽くなるから、酒の席で油断させれば言質《げんち》がとれるからと」

ずいぶん冷静な女性だと感心すると同時に、疑問もわいた。

「なあ、言っちゃ悪いけど、あのひと、なんで真理子さんみたいなひとのともだちなんかやってんだろ。すごいまともそうなのに」

「幼馴染みというか、小学校の同級生なんだそうだ。それで……いろいろ、俺の知らないことも知っていた」

「どんな？」

「真理子の実家は、かつてひどく貧乏だった時期があるそうだ。もともとは、裕福な家庭だったらしいんだが、父親が事業に失敗したとかで、かなり悲惨なときがあったらしい」

あげく父親は、必死に生活を立て直そうとする母子を置いて失踪した。お嬢さま育ちだった母親はパートなどでどうにかやりくりをしていたが、学級費や給食費なども滞《とどこお》ることがあり、学校でも白い目で見られていた。

近所で学級委員だった水谷は、そんな彼女の面倒をよく見ていたらしい。

「大人になったら、ぜったいに金持ちになる。若いうちに有望な男を捕まえて結婚するっていうのが口癖だったと。いまがっついているのは、そのころのトラウマじゃないかと水谷さんは言っていた。母親の苦労を見て、ひどくいやがっていたそうだから」

だからあそこまで金にうるさいのか。さすがに同情を覚えた真幸は眉をさげる。

「それに、これは真理子から直接聞いていたんだが、じつは真理子はわたしと知りあう以前に、一度、結婚が破談になっていたんだ。そのときは相手の不貞行為が原因で、彼女はなにも悪くなかったんだが……」

婚約破棄について揉めはじめたとたん、相手の親が「家柄が釣りあわない」と言いだし、まるで追い払われるようにして捨てられたという話に、真幸は顔をしかめた。

「なにそれ、ひでえ」

「彼女にとって、かなりのダメージだったみたいだ。水谷さんが言うには、それ以降、輪をかけて男を信じなくなったと……いろいろな不幸が重なって、結果、間違った方向にいってしまったんだろう」

その後も真理子は男性遍歴を重ね、条件のいい直隆を捕まえたものの、保険をかけるためにほかの男も『様子見』をしていたらしい。

直隆との結婚もむろん考えてはいたが、忙しすぎるうえ、相性がよくないことすら気づかない男との結婚に、踏ん切りがつかずにいたことは、以前の別れの際に本人から聞かされたと直隆は言った。

「けっきょくわたしが左遷され、あせってIT社長との結婚に飛びついたわけだが、それについては、わたしも反省するしかないと思う」

「反省って……四年もキープにされてて、なんでまた」

ずいぶんひとがいいと顔をしかめた真幸の頰を、直隆はやさしく撫でた。

「……たぶん、わたし自身が真理子を見ていなかったのも事実だからな。いまの、真幸を見ているようには。むろんあちらも、同じだろうけど」

はっとしてその顔を見ると、直隆は目を伏せていた。

「どっちもどっち、だったってこと?」

「ああ。結婚してもいいかもしれない相手、という程度の認識だったのはお互いさまだ。だから本気で傷つきもしなかったし、彼女が悩んでいることや、生い立ちのことすら知らないままだった」

伏せた瞼にかすかに滲んだ翳りは、縁を結ぼうとした相手を大事にできなかったことへの苦い後悔だろうか。真幸は握られた手を、そっと握り返す。

「でも俺のことは、知ってるね」

「真幸が考えている以上にな」

くすくすと笑って、直隆が目をあげた。なにかを見透かしたようなまなざしにどきりとすると、「お兄さんから連絡があったんだろう」と、いきなり切りこまれる。

「えっ、なんで……」

「佐知子さんのほうに、真幸が返事をくれないと相談があったそうだ。で、佐知子さんからわたしに、連絡があった」

一気に青ざめた真幸を、直隆はしっかりと胸に抱きしめる。安心させるように背中を、髪を撫でられて、ほっと息がこぼれた。

「じつは結婚式のあと、弘幸さんの奥さん……冬美《ふゆみ》さんは、きみの処遇について大げんかしたあげく、離婚も辞さないかまえで別居したらしい」

——勝手に家出したって言ってたくせに、本当は殴って追い出したってどういうこと⁉　しかもあたしには隠してたくせに、親戚中には勘当したとか言って、ほんと最低！　もし自分の子どもがゲイだったらそうするの⁉　そんな相手信用できない！

もともと、高校生のころから真幸を弟のようにかわいがってくれていた冬美は、そう言って弘幸を叱責したそうだ。

「おまけに逃げこんださきは実家どころか、アメリカの佐知子さんのところで」

「え⁉」

予想外のことを言われ、直隆の胸に顔を伏せていた真幸は跳ね起きた。だが勢いあまって直隆の顎を頭突きしてしまい、彼はしばらく顎を押さえて黙りこんだ。

「……痛いぞ、真幸」

「ご、ごめんなさい。あの、それで」

顎をさすった直隆は、恨みがましい目で真幸を睨みつつも話を続けた。

「もともと新婚旅行ついでに佐知子さんのところを訪ねる予定だったんだそうだ。式自体は昨年の十一月だったが、仕事の事情そのほかで、新婚旅行は年が明けてからと決めていたらしい」

そして、その間も真幸に対してのことで、弘幸夫妻の間ではずっと夫婦げんかが続いていた。

どうでも折れない弘幸に業を煮やした冬美は、自分だけ滞在期間を伸ばす申請までしっかりすませて、佐知子のところへ逃げこんだそうだ。用意周到な家出だった。むろん、弘幸は新婚旅行期間の、一週間しかアメリカにはいられない。

「おかげで冬美さんが弘幸さんを許すまで、何カ月もこじれた。その間中ずっと、真幸に土下座するまで帰らない、と言い張っていたそうだ」

「……冬美ちゃん……」

うわあ、と真幸は頭を抱えた。冬美のことも真幸はむかしから知っているが、佐知子の友人だけあって、彼女もかなり頭がよくてきついタイプだ。その性格のおかげで直情型の弘幸とやりあうこともできていたが、そこまでやらかしているとは思わなかった。

「あの、でももうさすがに、帰ってきた、んだよね?」

「ああ。真幸に土下座するよりさきに、やるべきことがあるからと」

やるべきこととはなんだ。真幸が目をしばたたかせると、直隆は「名執の家のご両親と親族を説得すること、だそうだ」と言った。

「説得って……なに、それ」

「すくなくとも勘当を解けと。セクシャリティは本人の咎ではない。諸手をあげて認めろとは言わないが、黙認くらいはしろと」

それができないなら離婚、もしくは弘幸夫妻が親兄弟と絶縁。どっちをとるとつめよった冬美に、ついに弘幸は負けたそうだ。

「そんな、おおごとになっちゃったんだ。俺のせいだよな」

落ちこみかけた真幸に、直隆は苦笑した。

「いや、佐知子さんによると、あれは爆発のきっかけだっただけ、という話だ。もともと、名執の家のうるささに、冬美さんは辟易していたそうだから」

「あー……まあね。うちの親うるさいし、親戚も……」

名執の家について、真幸自身は若いころに家をだされたのでよく知らないが、なんでも古い家柄らしく、自分たちの家系にひどくプライドを持っている。そして『ひとづきあい』に関しては、過干渉でしつこい。自分の親のことを悪く思いたくはないが、しっかりしすぎている冬美とは折りあいが悪く、へたをすれば嫁いびりに発展しかねないことは気づいていた。親も冬美もお互いの考えを譲ろうとはしなかったからだ。

「俺が高校生のころは、ちょいちょい間にはいってなだめてたんだけどな。あのあと、大変だったのかな、冬美ちゃん」

まだ交際相手だったころ、冬美が家に遊びにくるとなんだかんだと親たちが揚げ足取りをするのがひどくいやだった。たいした家でもないのに家柄を鼻にかけて、母子家庭育ちの冬美を見下すような発言もあった。

「その当時、緩衝材になってくれた真幸に冬美さんは感謝していたそうだ。あんなやさしい子を偏見でたたきだすような人間たちと家族になんてなりたくない、そう言っていたそうだ」

「そんなん、たいしたことじゃないのに」

十年もまえのことをいまだに感謝していると言われ、真幸は驚いた。だが直隆にやさしい目で見つめられ、照れたように目を伏せる。

「それで、お兄さんのほうも、数カ月かけての妻の説得に応じた」

「……いやいやながら、だろ?」

真幸が苦笑すると「それは違う」と直隆は言った。

「本気で、どうにかできないかとがんばったらしい。むかし起きたことについても、自分が騒ぎすぎたせいもあるからと、親御さんを説得したそうだ」

「え……」

これは佐知子からの伝聞ではない。どきりとして、真幸は口早に問いかけた。

「それ、いつ聞いたの」

「弘幸さんと冬美さんとは、先週お会いしてきた。佐知子さんが、真幸の彼氏なら会ってくれるかもしれないと口添えしてくれたから」

直隆がこの間中忙しくしていたのは、真理子の件にくわえて、弘幸との話しあいを重ねていたからだそうだ。その際、直隆は「もし真幸になにかするつもりなら、一生居場所は知らせない」とまで兄に言ったという。

だが驚いたことに、佐知子の鉄拳と妻の叱責で、兄は本当に反省していたらしい。

「佐知子さんに殴られたとき、本当に彼は怖かったんだそうだ。たった一発、しかも手かげんされてのそれですらあんなに痛くて怖かったのに、自分は弟にかげんも知らず、なにをしたかと悔いていらした」

「そんな……」

にわかには信じられず、真幸は茫然となる。その肩をやさしくさすって、直隆は続けた。

「その場には、冬美さんもいらして。真幸くんをよろしくお願いしますと何度も言ってらっしゃった。ふたりとも、本気で心配していたよ」

「……でも、どうして」

なにがあって、兄は考えを変えたのだろう。いくら冬美に説得されたからと言っても、そうおいそれとひとの考えや価値観は変わるものではない。混乱する真幸の内心を読んだように、直隆は言った。

「話しあいのとき、おふたりは赤ちゃんを抱いていた。男の子だそうだ。生まれてまだ数カ月で、当然、しゃべれたりはしないが……それが、弘幸さんにとってのきっかけだった」

無邪気に慕《した》う目を向ける子どもを見て、護ってやらなければいけないと感じたと同時に、弟もまたそういう存在だったことを思いだしたそうだ。

なにより、激怒した妻に「それが自分の子ならどうする」と詰め寄られたことが、猛省のきっかけであったらしい。

「……あれ、でも結婚式からまだ、九ヶ月？　くらいだよな。もう生まれたの？」

計算があわないと指を折った真幸に、直隆はおかしそうに笑った。

「式のまえには妊娠がわかっていたそうだ。正直、春が長すぎて、そんなきっかけでもなかったら結婚しなかったかもしれない、と冬美さんは言っていた。弘幸さんは真っ青だったが」

真幸もつられて笑うと「だからこそ、らしい」と直隆が言った。

「だからこそって？」

「冬美さんは子どもができたことで、母性本能というか、防衛本能が強まったらしい。新婚旅行を式からしばらく伸ばしたのも、安定期まえだったからだと言っていた」

では妊婦の身でアメリカまで飛んだのか。ますますとんでもない行動に、真幸は頭が痛くなってくる。

弘幸が折れたのも、いっそアメリカで産んでやると言い張る冬美に「臨月になるまえには帰ってきてくれ」と半泣きで頼みこむ結果になったから、だそうだ。

「それでけっきょく、親との同居はなし、真幸にも謝るという結果をもぎとって五月には帰国されたんだが、きみに連絡するのがいまごろになったのは、帰国からほどなく出産して、子どもの世話に追われていたからだと」

「なるほどね……」

自分の預かり知らぬところで、とんだ騒動が起きていたものだ。なんだか聞いているだけでぐったりしてしまった真幸に、直隆は静かに問いかけてきた。

「一度、会いたいと言ってらっしゃるが、どうする？」

あれこれいっぺんに情報がはいってきて、なにがなんだか、という気分だ。事情は、ある程度把握できたと思う。だが本音を言えば正直、まだ怖いと思った。

「……会いたくない、って、言ったら？」

おずおずと口を開けば、それでもいい、と直隆は言った。

「だったら、わたしが断っておく」

「お、俺逃げてるかな？　怖いんだ。みっともないけど……でも会いたい気もするし、わかんない……」

混乱してつぶやくと、直隆が抱きしめた腕に力をこめる。いつものように頭を撫でられ、ぴったりと懐にもぐりこんだ。

「真幸がしたいようにしなさい。そのうえで、わたしができることなら、なんでもする」

さほど小柄でもない真幸をすっぽり包んでしまえる大きな胸。ここにいれば、どれだけあまえていてもいいのだと知らしめる強い力を持つ腕に、不安もなにもかも溶かされる。

「……直隆さん、なんでそんなにあまやかすの」

「きみが好きだからに決まっているだろう」

聞くだけばかだと言いたげに、むしろ心外そうに言われて、真幸は笑ってしまった。ちいさな、鼻声混じりのそれなのに、直隆はほっとしたように息をつく。

「よかった。やっと笑った」

「え……」

「このところ、疲れているようだったからな。無理に訊きだそうとしても、真幸は平気だとばかり言うし。ここ数日は、わざと顔をあわせないようにしていたから……心配だった」

怪我のないほうの頬を撫で、嬉しそうに笑う直隆こそ疲れているはずだ。

ただでさえ忙しいのに、真理子に面倒をかけられ、兄のことまで対処して、なのに真幸にはおくびにもださなくて。毎度のごとく逃げていることすら、わかったうえでそっとしておいてくれた。

涙腺が今度こそ痛くなって、真幸は顔を歪める。

「……俺、直隆さんになにしてあげられるのかなあ」

泣きそうになりながら言うと「ずっといっしょにいればいい」と彼は言った。そんなこと、本当にいいのだろうかと真幸はぐずる。

「だ、だって俺、ほんとだめっこなのにさあ、なんもできてなくて。いいとこないのに」

「真幸にはいいところがいっぱいある。それに、だめだというなら、わたしも同じだろう」

ぐずぐずと顔を胸に押しつけていた真幸は、そのひとことにがばっと顔をあげた。また顎をぶつけそうになった直隆は、おおげさなくらいに仰《の》け反《ぞ》って避ける。

「嘘じゃん！」

「なにが嘘なんだ」

「だって直隆さん頭いいしさ、なんでもできてやさしいし！」

「学校の成績はよかったかもしれないが、左遷された程度には世渡りがへただ。頭がいいとは言えないだろう。それに料理はできないし、掃除も洗濯も壊滅的だ。不器用極まりない」

「そんなん俺がするからいいんだよ！　顔だってかっこいいしさ、いい身体してるし！　それにエッチ上手だし、それに……」

心で感じている、彼のいいところを並べ立てると、直隆はぷっと噴きだすと、突然声をあげておかしそうに笑った。

「なに笑ってんだよ！　ほんとにね、あんたみたいな彼氏いると、不安でっ」

べそをかいた真幸の頬を、長い指が拭う。直隆はどうにか笑いをこらえていたけれど、腹筋がひくついているのが見てもわかった。

「はは。い、いや、悪いが、いま言ってくれた長所について、賛同してくれるひとはすくないと思う」

どうして、と真幸は目をしばたたかせた。けれど、そういえば日比谷にはあきれられたし、末直には爆笑されたことを思いだし、口ごもる。

なんとなくうつむいた真幸に、大きく息をついて笑いを払った直隆は、彼らしい淡々とした口調で言った。

「他人からのわたしの評価は、わかりにくい、怖い、きつい、鈍感で愛想がない、だ。それに会話もうまくないから、つまらないともよく言われる」

「え、でもそれはさ、わかりづらいだけで、ちゃんと見てれば——」

「ちゃんと見てくれるのは、真幸だけだ」

真摯な目をして、それが嬉しい、と直隆は言った。

「真幸がやさしいと言ってくれるから、やさしくできる。ほかのことも、勿体《もったい》ない評価だと思うが、そうありたいと思える。だから、きみがわたしを好きでいてくれなければ、わたしはちっともかっこよくはない」

「……そんなことないのに」

「真幸がそう思ってくれるなら、それでいい。きみがいると、毎日楽しい。三十五年も生きてきて、いちばん、いまがいい時期だと思う」

ささやかれて、たまらずに抱きつくとぜんぶを受けとめてもらえた。

ソファに押し倒して顔中に口づけると、やめなさいと言いながらも、ご機嫌に直隆は笑い、涙ぐむ真幸の目もとにキスを返してくれる。

いつの間に、直隆はこんな穏やかな顔をするようになったのだろう。出会ったころ、いつもしかめ面で、屁理屈ばかり捏ねていた男は、どこにいったのだろう。

そして真幸もそれは同じだ。世を拗ねて、尻軽ぶって男を引っかけていた自分が、こんなさいなことでべそべそするなどあり得なかった。

「……直隆さん、ごめんね、ありがと」

「なにがだ？」

「俺なんかのこと、好きになってくれて。ほんとにありがと」

返事は唇へのやさしいキスで、真幸はうっとりしながらため息をついた。誘われるように口づけは深くなり、ふたりの唇は、それから長い間、言葉を発するよりも吐息を絡めるほうに熱心になっていた。

＊　＊　＊

ひさしぶりのあまいキスで盛りあがったあと、身体でも熱を感じたくなるのは当然だった。

いっしょにシャワーを浴び、寝室に向かう。

裸のまま何度も何度もキスをした。ベッドのうえでじゃれるように絡みあい、互いの身体をさわっては焦らす。腰をこすりつけながら抱きあうと、しっかり兆したものが真幸の腹部を硬く押しあげている。

メガネをはずした素顔に、指で触れた。目元、鼻筋、唇。ひとつひとつのパーツが整った端整な顔をうっとり眺め、指でたどった端から唇を押し当てる。

好きで好きで、本当にいとしい。

「ん……んっ」

直隆の手は真幸の尻を掴んで、飽きることがないかのようにずっと揉んでいる。なんとなく、彼に抱かれるようになってからそこの肉質すらやわらかくなった気がしていた。

「直隆さんさあ、俺のお尻、好き?」

「なぜ?」

「ん、なんかいつも……ずっとさわってる、から」

「そうだな。さわっていると気持ちがいい」

彼らしく、照れることもなくあっさりと言われ、笑ってしまう。

ゆるやかな愛撫にうっとりしつつ、ぼんやりとした真幸は軽口のつもりで言った。

「ごめんね。ほかに揉み心地のいいとこ、あんまりなくて」

「……どういう意味だ?」

「いや、だっておっぱいないから。パイズリとかだけはできないけど、ほかはがんばるから」

だから、もっとよくなって。身を起こし、ご奉仕するつもりでさげようとした頭を、なぜか大きな手でがしっと掴まれた。

「な、なに……」

けっこうな力で顔をあげさせられると、そこにはとても上機嫌とはいえない直隆の顔があった。わけもわからず真幸がぐびりと息を呑む。

「ちょっと座りなさい」

お説教の口調で言われ、あわてて正座する。全裸待機ってマヌケだ……と遠い目になりつつびくびくと彼をうかがっていると、漲った股間も堂々さらしたまま、直隆は鹿爪《しかつめ》らしい顔を作った。

「いいかげん、真幸にひとつ直してもらわないといけないことがある」

「……なんでしょうか」

上目遣いになりつつ問えば、彼は不愉快そうな口調で言ってのけた。

「ひとを、女性の胸にだけ固執しているような言いざまはやめてもらいたい。そもそもべつに巨乳好きでもなんでもない」

「え……」

「悪いがわたしは真幸のその薄い胸が大好きだし、きみの身体にしか興味がない。それをいちいち、変な比較をされると非常に気分がよくない」

「ご、ごめんなさい」

あわてて頭をさげるけれども、視線の向かったさきは元気いっぱいの直隆自身だ。この状況ってなんなの、と思いながらも目を泳がせていると、両肩に手が載せられる。

「というわけで、しっかり覚えてもらうまで、実証しよう」

にっこり笑う直隆の顔が、なぜかひどく、怖かった。


そして宣言どおり、その夜の直隆は、しつこいなどというものではなかった。

薄い胸を、ぬるりと直隆の唇が這《は》っていく。広げた舌でやわらかく撫でて刺激し、今度は力をこめて舐めあげる。唾液を含み、ぷくりとふくれて硬くなったところで吸いつき、歯の隙間《すきま》に挟んだと思えば尖らせた舌先でころころと転がす。

もう片方の乳首は、周囲の赤くまるい乳暈《にゅうりん》ごと親指と中指できゅうとつまみ、先端を人差し指の腹で、頭を撫でるときと同じやさしいリズムで、ゆっくりゆっくりと撫でる。

「あ……あ……」

激しい愛撫とやさしい愛撫を同時にほどこしながら、開いた真幸の脚に胴を挟ませ、無防備になった股間を腹で押しつぶす。けれど決定的な愛撫は胸にしかくれない。吸ったり舐めたり揉んだりと、それをもっと違う場所にもほしいのに。

「な……んで、胸、ばっかりっ」

「言っただろう。ここが、好きだからだ」

抗議すると、直隆は顔をあげ、なんだか怒ったような声で言った。

「真幸の身体が好きだ。顔も好きだ。いじっているだけで興奮する。感じている声を聞けば、どうしようもなく勃起する」

「な、なん……っ」

いきなりの直接話法に、真幸はどっと汗をかき、赤くなった。とりあわないまま、真剣な顔で直隆は続ける。

「きみとするセックスがいちばんいいし、こんなによくて、なんでよそ見をすると思う」

顔の両脇に手をついた彼は、そう宣言したあと真幸の脚を大きく開かせ、「ぎゃっ」と叫ぶのを無視していきなり股間を責めてきた。

「硬いな。もう溢れてきてる」

「見るなってば、もうっ」

あわてて両手で隠そうとしたけれど、それをあっさりと振り払われる。逆らうな、という目で見られて、それ以上の抵抗はできなかった。

「見るのはいやなのか。なら、これは?」

「あっあっ、だめ、だめっ」

ちゅぷちゅぷと音をたてて、先端だけをずっとしゃぶられた。軽く出し入れをするように唇を動かし、舌の動きも連動させられる。あげく、もがいた真幸の腿を脇に抱えて押さえこんだまま、長い腕を伸ばして乳首までいじられ、真幸は息も絶え絶えになる。

恥ずかしいのに、気持ちよくてたまらない。

（いつの間にこんなの、覚えたんだろ）

もともと真幸以外の男と寝たこともなく、ヘテロセクシャルでとおしてきた直隆だ。くだらないやつあたりで強引に奪った最初のうちはともかく、なんとなくセフレ状態になってからはペニスをさわらせることも遠慮していた。

「そんなの、しなくていいよお……っ」

「どうして……これだってもう、わたしのものだろう」

ぬるりと舌を這わせながら言われ、真幸は「ひ……」と涙ぐんだ。反応のいい場所を見つけると、そこをしつこくされて、どうしても声があがってしまう。

「素直で、感じやすくて、かわいくてたまらない」

「あっ、あっ……そん、そんなにしたら……そんなに……っ」

くわえこまれ、上下に頭を動かされた。がくがくと腿が痙攣し、尻が何度もシーツから跳ねあがる。勝手に開閉する脚の奥、汗ばんだ肉のはざまにぬるりとしたものが伝った。直隆の唾液と真幸の零したものが垂れたのだと気づくと、搔痒感《そうようかん》すら快楽に変わる。

「あっ⁉　あ、やっ……！」

かゆみを覚えていたそこに、ジェルで濡らした指が触れた。だめ、という間もなく慣れた場所はあっさりと開かれ、直隆の指が埋まってくる。長くて、硬い。なめらかに動くのは人工的な液体のせいだとわかっているのに、あまりにも馴染んだ感触のせいで、まるで自分が勝手に濡れたような気がする。

「あああぁ……っ」

指はすぐ二本になった。ねちねちと音を立ててかきまわされながら、高ぶりきったものを、もうふやけるというくらいに舐めまわされて、その間中うしろをずっといじられた。

「おか、おかしくなるっ……おかしくなるっ」

「なっていい」

「やだ、だめ、すぐでる、でるっ」

口のなかでだすのはいやだと言ったのに、吸われて、射精して。それを舌に載せたまましろに流しこまれたときには、とんでもない悲鳴をあげた。

(もう、なにこれ、なにこれ)

抵抗する気力もないまま、さらに脚を開かされた。それだけはいやだ、と言ったのに、とんでもない場所にとんでもないことをされた。されまくった。

「……ものすごいことになってる」

「い、や……んっ」

なかにある指は三本になり、それぞれがめちゃくちゃに、ばらばらに動いている。真幸はもう泣きじゃくってばかりで、直隆から逃げるように枕をぎゅっと抱きしめていた。

「もう、い……指、いい、いらな、い」

「どうして？　好きだろう？」

「や、ちが……こっち、ほしい、もうっ」

こうなれば反撃にでるしかないと、震える手を伸ばして直隆のそれを掴んだ。

「そっち、だって、濡れてるじゃんっ……なにも、してないのに！」

「いれたくないとは言ってない」

しらっとした顔で言う直隆の口元は濡れている。さっきまで、さんざんにひとの身体を舐めていたせいだ。なのに表情だけはいつもの涼しいもので、真幸は赤らんだ目で睨みつけた。

「真幸、ほしかったら自分でしてみなさい」

「……オニ！　無理！」

いじめたおされてぐったりしているのに、騎乗位のリクエストか。いやだとわめいたのに身体を抱え起こされ、抵抗したら奥にいれた指がまた意地悪をした。

「いや、あああ、あああっ」

「ほら、しないとまた……」

「するっ、するから抜いて、も、ぬいてっ」

うえに乗らされて、自分でいれるようにと告げられて、べそをかきながら真幸は脚を開く。

全身を真っ赤にしながらもじもじする真幸に、直隆はふしぎそうに問いかけてきた。

「最初にこうしたのは自分のくせに、なぜ恥ずかしいんだ。あのころはもっとすごく――」

「あれはやけくそだったからできたっつってんだろ！　好きな相手には恥ずかしいんだよ！」

言い放つとなぜか、またいだ身体の持ち主の気配が、ひんやりと冷たくなる。

「……好きでもなかった相手ならいいのか」

「え」

なんだか妙なスイッチを押したらしいと気づいて、ぎく、と真幸が身を強ばらせる。あわてて逃げようとしたけれど、がっしりと両腿を摑まれてかなわなかった。

「そういえば、日比谷さんとどうとか言っていたな」

「だっ、それ蒸し返すなよ！　ひ、ひとがおっぱい気にしたら怒ったくせに、なにそれ！」

「それはそれ、これはこれだ」

ダブルスタンダードじゃないかと責めても、無意味に嫉妬深い男は聞きもしない。またもや力まかせに真幸の脚を開かせ、なにもかもを丸見えにする体勢で「いれなさい」と言った。

「やだ、こんなのっ」

「いやじゃなくて、早く」

ほら、としたから突かれて、その強烈な感触にぞくっとしてしまう。震えた肌に気づかれ、さらにきわどくこすりつけられると、むずむずする身体は勝手にゆるみはじめた。

「真幸、ほら、いれてくれないと、わたしがいれてしまう」

「やだ……あ」

「ほしくないのか？」

意地悪、やだ、ばか、と言いながらも、真幸はうしろ手でそれを摑んだ。これだけいいようにされながらも、きらい、とだけは言わない自分にあきれた。

（でもさ。すっごい、哀しそうになるからさ）

以前、やつあたりまがいに「きらいだ」と叫んだとき、直隆は青ざめて顔をこわばらせていた。のちになって、ぽつりと彼は言ったことがある。

——けんかをして、罵るのはいいんだが、きらい、とだけは言わないでくれ。

傷つくんだと言われて驚いた。弱みを見せたがるような男ではないし、自分ごときの放つ、たったその程度の言葉で、彼に影響するなどと思ってもみなかったからだ。

そして、どうしようもなくときめいた。

「……直隆さん、俺のこと、好き？」

「好きに決まっている」

涙ぐんだ目で問えば、やっぱり即答だった。駆け引きもなにもない、直球勝負の直隆の言葉に「だったら、いいよ」と真幸は覚悟を決める。

「見てても、いいよ……」

息を深く吐いて、ゆっくりと腰を落としていく。さんざんにいじられて綻んだ場所は、熱いそれの先端に触れたとたん、びくっとすくみ、そのあと物欲しそうに口を開いて飲みこんだ。

「ん……んっ、んっ」

自分で取りこんでいくさまを、直隆はまばたきすらせず、じっと見ていた。近視のせいで軽く眇めた目もとは険しい。けれど真剣に、食いいるように、いちばんいやらしい場面を凝視されて、真幸の腰は自然に揺れた。

「あう、は……っ、あ、あ、あ、んん!」

最後は力が抜けてしまって、彼の腹にぺたんと腰を落とした。勢い、深く突き刺さったペニスの感触に脳が痺れて、息が切れる。触れられもせずにいた真幸の性器のさきからは、興奮と期待のせいでだらだらと体液が溢れ、先端が真っ赤になってひくついていた。

これで許してくれないか、と上目遣いをしても、直隆はいっさい動く気配がない。ただじっと見つめたまま、真幸の腿を撫でている。

(くそ)

本当に意地悪だ、と思いながら、真幸は目をつぶって腰を動かしはじめた。身体のなかで、あの大きいのがびくんとするのがわかる。脈を感じて、それがたまらなくいやらしく、自分で自分の身体を抱いたまま息を切らしていると、かすかにかすれた直隆の声がした。

「真幸、もっと動かして」

うながされ、恥ずかしさをこらえて最大限に脚を開いたまま、真幸は腰を前後に振った。

「もっとだ、真幸。もっと」

「ん……っ、ん、ん」

やけくそのように、膝を使って身体を上下させる。顔はくしゃくしゃで真っ赤になっているし汗まみれだしで、たぶんものすごく変な顔だと思う。あまり見られたくないとうつむいていたのに、直隆は前髪をぐいとかきあげ、ついでに顔をあげさせる。

「もっと顔を、ちゃんと見せて」

「やだ……へんだし……」

「見せなさい」

命令され、おずおずと視線を向ければ怖いくらいの目をした直隆がいた。じいっとまばたきすら減らした目で見つめられ、羞恥《しゅうち》をこらえて歪む唇を軽く噛まれる。

「なんで、そんなことばっか言うんだよっ。もうやだ、これ、恥ずかし……っ」

くすんとすすり泣くと、直隆がいきなり脚を抱えて体勢を変え、真幸を組み敷いた。

「あああああっ」

ベッドに押し倒され、めちゃくちゃになると思うほどに腰を打ちつけられる。頭ががくがくして、身体のなかが摩擦熱で熱い。

泣きながら背中にすがって、真幸は訴えた。

「も、だめ……もう、い？　いっても、いい？」

「だめだ。まだいくな」

「やっ、やだやだっ」

そんなことを言うくせに、さらに激しく腰をまわしていじめてくる。仰け反って唇を噛みしめ、駆けあがりそうな快感をどうにかやりすごした真幸は、さらに突かれて追いつめられ、自分の性器を痛むくらいに握りしめた。

「うぐ……っ」

幹の部分に爪まで立ててこらえる。いつもならあまやかしてくれる直隆なのに、ひたすらに真幸のなかをえぐってくる。押さえつけるようにして内部をひたすらかきまわされ、ついにぼろっと涙がでた。

「ううう……」

「……なんで泣く」

「だってなんか、やだ、おにーさん怖い……」

「お兄さんと呼ぶなと言っただろう」

叱《しか》るような冷たい口調に、びくっとする。身体の熱すら一瞬で引いて、真幸は硬直した。

いつもと違う。たしなめつつも興奮を覚えているのとは。

「真幸は、わたしが好きか」

「好きだよ、なんでそんなこと聞くんだよ」

「では、お兄さんよりも好きか？」

むっとした顔で睨みおろされ、真幸は目をしばたたかせた。

「……それも、やきもち？」

「そうだ」

啞然となって「兄貴だよ？」と言うのに、直隆は「それでもいやだ」と吐き捨てた。

「真幸はお兄さんのことになると、取り乱してかわいそうでたまらない。そんなに泣かされているのに、そんなに好きかと思うと……腹がたつ」

実物を見たせいでよけいだ、と顔をしかめる直隆に、どきりとした。

「そ、そんなに好きって……そっちこそ、そんなに、俺のこと好き？」

「何回訊くんだ。そうでなかったら、わたしはこんな理不尽なことは言わない」

開き直られて、むちゃくちゃだと思うのに胸が震えた。真幸の心臓がぎゅうっと絞られる。そこから送りだされるのは、血液ではなくあまくとろけたなにかだと思う。

身体中が、きゅんきゅんで、とろっとろになる。

「真幸、それでお兄さんよ……っ、なんだ、急に締めるな」

「む、むり……っ」

「なんで無理なんだ。ほら答えて」

じらすように揺すられて、しばらく声がでなかった。言うからやめてと訴え、真幸はどうにか声を絞りだす。

「意地悪いの、やだ」

「ん？」

「やさしく、して。やさしいセックスがいい」

ぐん、と身体のなかの圧力が高まった。あれ、と思う暇もなく、大きく強いストロークで腰を叩きつけられ、真幸は悲鳴をあげる。

「や、やさしくって、いぅ、……ぁっあっ、言った、のにっ」

「無理だ」

「やっ、あっ、なんで！」

「とにかく、無理だっ」

言葉を切った直隆は、真幸の顔を捕まえて長いキスをしてきた。うめいて肩をたたいても、口のなかも身体の奥も、激しく熱っぽく犯されまくる。息苦しくてたまらずに顔を振って逃げると、乳首をつねった直隆が耳に噛みついてきた。

「真幸、マキ、マキ」

「あ、も……っ、もうや、もうだめっ」

「マキ、かわいい、ほんとにかわいい」

伝えるためというよりも、思わず口走ったという口調だった。かわいくて、かわいくて、抱きつぶしてしまいたい。そんなふうに抱いているのだと教えられて、快感のゲージは一気に跳ねあがる。

（もう、やだ、このひと）

冷静に考えると、いろいろ変だし嫉妬深いしずれているのに、愛情がまっすぐで濃すぎて嬉しすぎる。抱きかたは激しいけれど身勝手ではなく、真幸の感じるところばかり突いてきて、弱いと知っている耳をずっと舐めている。

かわいがられすぎて、つらくなる。けれどこうされなければきっと、もっとつらい。

「それで、真幸。真幸は、誰が好きだ？」

何回訊く気だと言ったくせに、自分だって訊いている。おかしくてちょっと笑うと、またゆさゆさと揺すられた。

「笑わないで、答えなさい」

「あっ、言う、言うから……っ、直隆さん、が、好き、ぃ……っ」

泣いて、あまえて、「だいすき」と告げる。何度も、ほしがられたぶんだけ、繰り返し。

「いちばん、いちばん好き」

満足した直隆は、嬉しそうにキスをしてくれて——おかげでよけい、手かげんなしとなってしまったのは、完全な誤算だった。

＊　　＊　　＊

明け方になって、空腹に目が覚めた真幸は下着一枚の姿で台所におもむいた。

（なんか、ないかな）

冷蔵庫を開けると、いくつかのジャムの瓶がおさまっている。

未直がせっかくくれたイチゴのプレザーブは、このところ気分でなかったせいでろくに食べてもいなかった。よく冷えたそれをとりだし、何粒かを小皿にあける。あとは牛乳をコップに注ぎ、夜食の代わりに決めた。

ジャムがついた指を舐めながら台所の窓のカーテンを開けると、朝の五時だというのにもう明るい。

夏の朝だなあ、としみじみしながら、ひと粒食べる。抑えめのあまみと酸味が口のなかにひろがる。牛乳との相性もばつぐんで、なんだか幸せな味だなあ、と思った。

ふと、ものすごくむかしに、こうしてジャムをつまみ食いしたことを思いだした。

（兄さんとか母さんに、よく怒られたっけ）

どうということのない、日常の場面だ。遠ざかったまま忘れていたそれが脳裏によみがえったとたん、ぽろりと涙がでた。

あのころには、たぶん戻ることはできないし、再会してもぎこちないままの関係になるのは間違いないだろう。正直いって、親との関係は兄よりもずっとむずかしいはずだ。

「俺、おじさんになったんだな」

つぶやいて、知らぬ間に産まれていた甥《おい》の名前も知らないことに気づいた。ぱたぱたと落ちた雫が牛乳を揺らして、真幸はちいさく鼻をすする。

「……風邪をひくぞ」

背中から、バスタオルをかけられた。振り返ると、直隆も自分と似たような格好でいるし、この季節だから早朝でも汗ばむほどに暑い。なのに、肩にかかったタオルとそのうえから包んでくる腕がやさしくて、真幸は「あったかいね」と笑う。

「ね、直隆さん」

「なんだ」

「兄さんに、連絡、とってくれる？」

彼は突然の言葉によけいなことは言わず、「わかった」とうなずいた。

「それで会うとき、あのさ。い、いっしょにいて、手、つないでてくれる？」

「簡単なことだ」

どこで会うとも決めていないのに、なんでもないことのように直隆は了承する。胸がつまって、軽く鼻をすすった真幸は目を閉じた。

真理子のことや、家族のこと。むかしあったものが壊れ、ひととの関係が崩れるのは哀しい。

それでも、ぜんぶがぜんぶきれいなかたちにはならないけれども、ちょっとずつすこしずつ、いいほうに変えることだってできるのかもしれない。

ぎこちないながら、とりあえず第一歩を踏みだしてみるしかない。

たぶんそのとき、いま背中から抱きしめてくれている男は、そこにいてくれるだろうから。

END

安定≒倦怠

はじめて顔をあわせたそのひとは、見るからに緊張しきっていた。

「いまつきあっている、名執真幸だ。これからいっしょに住むことになる」

「はっ、はじめまして」

第一声は声が裏返っていた。顔色は真っ青だし、手は震えている。冷や汗もだらだらで、そこまで怯えなくてもいいよと言いたくなるくらいだった。

それに相対した真野未直はといえば、ただただ驚いて、兄の直隆の顔と『彼』の顔を見較べるしかできなかった。

「……マキさんって、マキさん?」

未直が、常々でっかい目だと恋人に言われるそれを思いきり見開いたまま言うと、真幸は「は、はい」とぎくしゃくうなずいた。

どこかで覚えのある顔だと思いはしたけれど、そのときは意外な相手を紹介された驚きで、彼の素性にまで思いを馳《は》せることはできなかった。

「真幸さん、で、マキさん。うん、それはわかった。わかったけど」

未直は、くるっと目を動かして兄を見る。うろたえる恋人のかたわらで、状況読めてんのかと突っこみたくなるくらいに直隆は冷静なままだ。

「兄さん。どういうこと!?」

「どういうことって、なにがだ？」

「なにがって……いやなにが!?」

兄の直隆は一年ちょっとまえまで未直のセクシャリティをまったく認めようとせず、病気だなんだとまくしたてていた男だったのだ。

だというのに、いま堂々と肩まで抱いて紹介した恋人は、どこからどう見ても男性だ。

いったいなにが起きているのかわからないまま、未直は目といっしょに口もぽっかり開けてしまった。

そもそも未直は、兄と『マキさん』の交際には、大賛成だった。冷血漢の朴念仁、カタブツの優等生。そんな兄が三十なかばにして、デレデレになる恋愛をしたことには驚いたが、喜ばしいことだと思っていたからだ。

まだつきあいはじめとおぼしきころ、何度か電話で相談まで受けた。相手の気持ちがわからない、と一喜一憂する直隆に、生まれてはじめて「兄も人間だったのか」などと失礼ながら思ったくらいだ。

（でも、えー……あれが、あのマキさん。えー……）

愛称でしか聞いたことのない兄の恋人について、なんとなくイメージしていたのは、ふわっとかわいい小動物系、ちょっと小悪魔いり、という感じの女性だった。

けれど目のまえの真幸は、背もけっして低くはない。すらっとしたシャープな美形だし、どちらかといえば女性にもてそうなハンサムな青年だ。顔だちの印象だけなら、ちょっと軽薄っぽく遊んでそうなイケメン。

「ご、ごめんね。なんか直隆さん、ちゃんと説明してなかったみたいで、ごめん」

なのにそのイケメンは、真っ赤になってうろたえきってぺこぺこと頭をさげている。あまりのテンパりぶりに未直が「いえそんな」と言うより早く、兄があの尊大な口調で言った。

「なぜ真幸が謝る?」

「だって弟さん、こんな驚いてるじゃん! 固まっちゃって……もうどうすんの、ねえ、どうすんのっ⁉」

「どうもしない。未直はべつになんとも思っていないだろうし、この程度のことで驚きもしないだろう」

いいえ充分驚いてます。という言葉をいまさら口にもできず「だいじょぶですよー」と笑うしかない。そもそも、未直が唖然《あぜん》としているのは兄の直隆に対してであって、真幸に対してではないのだ。

「えーと真幸さん? あらためまして、弟の未直です。よろしくお願いします」

「う、うん。よろしく」

にこっと笑ってご挨拶《あいさつ》。今度はちゃんと、好感度の高い顔を作れたはずだ。目に見えてほっとした真幸の顔がゆるんで、そのあとすぐに直隆を振り返る。

（お？）

だいじょうぶかな、と安心を求めるような表情に、なるほど、これはたしかに話に聞いたとおりの『マキさん』だと未直は思った。

「……兄を、よろしくお願いしますね」

まえぶれもなくそう言うと、真幸は「えっ」と顔をあげた。そのあともう一度直隆を見あげ、未直を見つめなおして、「はい」とうなずいた。

細い首筋まで真っ赤で、かわいいひとだなあ、と思った。

そしてほんのちょっぴり、うらやましいなと思った。

＊　＊　＊

未直には、つきあって二年が経過した恋人がいる。

新宿《しんじゅく》署の刑事である三田村明義《みたむらあきよし》。三十七の男盛りである彼とは、同棲してからも二年が経つ。

出会いのきっかけは、あんまりひとに言えるようなものではない。未直が高校生のころ、自分というものに悩んだ末、夜の街をうろついていた際に売春相手と間違えられ、絡まれていたのを助けてくれたのが明義だ。

危ない目に遭う未直を何度も助けてくれて、カミングアウトにより崩壊しかかっていた真野家から連れだしてくれた。

ひと目ぼれして、追いかけまわし、押して押して押しまくったあげくにほだされてくれたときには、天にも昇る気持ちだった。

あらゆる意味での恩人で、大好きなひとで、いわゆるハツカレでもある明義だが——最近ちょっと、微妙な感じなのだ。

「んー……」

深夜になって帰宅した明義に食事をだした未直は、彼の向かいに座ったまま頬杖をつき、じいっと視線を向けていた。

「……なんだ、その顔。なんか言いたいことあんのか」

「うん、あのね明義さん」

「なんだ」

明義は大きく開けた口にぶり大根を放りこんだ。食べっぷりのいい姿に、作った人間としてはほれぼれしてしまう。未直はにっこり笑った。

「おいしい?」

「いつもどおり、うまいぞ。で、なにが気になる」

「うん、あのね。最近エッチしてないね」

ぶり大根を咀嚼《そしゃく》していた彼の喉から、ごぎゅ、と変な音がした。顔色を変えた明義は無言で胸をたたく。未直が差しだしたぬるめの茶をごくごくと飲み、つかえたものを飲みくだした。

「いきなり、なんだ！　死ぬかと思ったっ」

「ごめんなさい」

肩をすくめて上目遣い。これをやると明義は大抵のことを許してくれると覚えた。忌々《いまいま》しそうに睨みつけてきたものの、彼は「ふん」と大きく息をついたあと、ふたたび食事にとりかかった。

「ほんとはなんなんだ。おまえがエロ方面で突拍子もないこと言いだすときは、だいたいなんか悩んでるか、引っかかってるときだろ」

「うーん。べつに悩みってほどじゃないよ。ただほんとに、こう、コミュニケーションしてなかったなあ、みたいな？」

「コミュニケーション？」

「そお。会話とか」

頬杖をついた未直は、ここ数カ月を振り返る。

すったもんだしたあげく、高校三年の後半からずっと同棲している明義との関係は、この二年である意味非常に落ちついた。

大学二年になった未直は、自分のセクシャリティとアイデンティティと恋について延々悩んでいた十代が終わると同時に、拡がった自分の世界のできごとで手一杯になった。

なにしろ大学と料理教室の掛け持ちをしているため、スケジュールをこなすだけでもかなり忙しい。

そして過剰労働が問題とされる職務につく明義は、役職つきだというのに相変わらず現場を飛びまわっている状態で、あからさまに顔をあわせている時間は激減した。

「最近、ごはんいっしょに食べてないですよ、明義さん」

「……悪いな、いつも。ただ、毎回ありがたく食ってるぞ」

「お弁当ね。ほんとはあったかいの食べてほしいんだけどな」

この夜はひさしぶりに、未直が起きている時間帯に帰ってこられた明義だが、場合によっては昼夜逆転、どころか何日も戻ってこず、職場に泊まりこみというのもざらだ。

未直が料理上手になった理由のひとつは恋人に食べさせたいというものだったのに、腕をふるう機会は大変すくない。なにしろ生活時間帯がめちゃくちゃな明義なので、放っておくと一週間カップ麺だけ食べ続けた、などということもある。

たいがい丈夫な男ではあるけれど、それでも三十代後半。そろそろ血圧だの生活習慣病だのと、気になるお年頃だ。せめて栄養バランスは考えたものにしてくれと、できるだけ弁当を持たせるようにしているのだが。

（ほんとにおれ、やってることが主婦って感じ）

いや、それはそれでかまわないのだ。望んで『お嫁さん』になりたいと思ったわけだし、いま料理を習っている理由の大半が、なんの役にもたたない自分を拾ってくれた明義に、せめて何かしてあげられることをと考えた結果なのだから。

ただ、たぶん——ラブラブな兄たちを見て、あてられた。

「なんかね、見てて恥ずかしくなったんだよ」

「恥ずかしいって、なにがだ？」

「んー、なんかこう……いろいろ」

そうして未直は、この日はじめて顔をあわせた真幸のことについて、明義へと話した。

「すっごい、意外だったんだよね。性別のことは置いといても、タイプが違って。顔だちは、いかにも兄さんが好きそうなきれいな顔だったんだけど、雰囲気のかわいいひとだった」

「いい感じじゃねえか」

「うん、でもやっぱ、恥ずかしいっていうか、変な感じ」

ブラコン、と明義は笑うけれど、そういうことではない。

「真幸さんって、ほんとに兄さんのことが好きなんだなあと思ってさ。で、兄さんも同じく。身内のそういうの見るのって、やっぱ恥ずかしいよ」

明義は、複雑な顔をする未直に「そんくらい見逃してやれよ」と笑った。

「知りあってからは一年くらいらしいが、まともにつきあいだしたのは最近なんだろ。そりゃ、べたべたもするんじゃねえか?」

「そんなもんなのかな。いままでの彼女相手でも、あんなあまい兄さん、見たことないんだけど。なんか変な感じ」

未直はいままで直隆の恋人に何人か会ったことがある。直隆はいわゆるスペックの高い男で、背も高く学歴も高く顔も整っていたため、大半の彼女は美人だった。だが十も歳の離れた弟である未直の目線からすると、微妙に「あれれ」と思う相手も多かった。

本人に指摘したこともあるが、端的に言って、兄は鈍い。だからこそなのか、直隆の目に留まるまでがんがんに攻めてくるタイプの女性ばかり。いま思えば、自分のセクシャリティの問題もあって「肉食系女子怖い」と思ってしまったのかもしれないが、ちょっと話すにも腰が引けるような、きつい感じの女性ばかりだった。

だがそのうちの誰よりも真幸がいちばんいいなと未直が思った理由は、彼が直隆を見る目だ。兄を信じて慕っているのがわかる、そんな目をして直隆を見つめていたひとは、いままでにいなかった。

そしてまた直隆自身、あんなにやさしい目で恋人を見つめているのは見たことがない。ちょっと恥ずかしいくらいに、あまい目つきをする兄に、未直のほうが赤くなりそうだった。

　そう言うと、明義は最後のひとくちを口に放りこみながら言った。

「あの兄ちゃんが本気でいれこんだのなんざ、はじめてなんじゃねえ？　調子も狂うだろ。……っと、ごちそうさん」

　おもしろそうに笑い、明義が箸《はし》を置いた。淹《い》れなおした熱いお茶をだすと「ありがとう」と言って湯飲みを受けとる。

「……仕事、まだ忙しい？」

「ああ、まあ、ぼちぼちな。ま、あとちょっとだ」

　ちょっとだけ上の空で答える明義は、気づいていないのだろうか。ちらりと未直は、壁にかかった時計を眺める。

（あとちょっと、って何カ月聞いてるかなあ）

　時刻はすでに深夜の十二時すぎ。この帰宅時間はもうずっと続いていた。

　一時期は未直も関わる羽目になった、新宿署管轄のクラブを根城とした違法薬物事件。扱っている売人連中は取り締まれたけれども、大元で薬を流している犯人は、いまだに尻尾を掴ませないらしい。

　それ以外にも、あれこれと明義は案件を抱えているようだ。刑事など、国家公務員の守秘義務は、家族にすら明確に自分の仕事の話をできないらしく、未直は細かい話を聞き出すことはできないし、するつもりもない。

だが、横顔がすこし痩せた気がすることや、帰宅時間が毎晩、午前様になることについて、心配しないわけではない。

未直はテーブルに頬杖をついて、うまそうにお茶を飲む明義をじっと見つめた。視線を感じた彼が「なんだ」と目をしばたたかせる。

「なんだ、っていうか、うーん」

「はっきり言えよ、どうした」

明義は非常にきっぱりした性格で、言いたいことを察しろというのは無理だと自分で宣言している。そういう駆け引きも好きではないし、におわせる程度で伝わる相手でもない。だから未直は、このところちょっと引っかかっていたことを口にした。

「あのね、もういっしょに暮らして二年経つよね」

「そうだな。それが？」

「うん。あのね明義さん、おれに飽《あ》きた？」

唐突なそれに、明義は目を見開いた。

「なんだそりゃ、いきなり」

「いきなりっていうか、ずーっと考えてたんだけど……」

むう、と眉を寄せた未直に、明義も居住まいを正した。

「なにか俺に不満があるのか」

「不満……ていうか……」

「話せ、未直。おまえが腹に抱えこむとろくなことねえ」

言いざまはひどいが真剣な顔で見つめられ、未直はもぞもぞしながらも口を開いた。

「明義さん、気づいてないの？」

「なにをだよ」

「さっき言ったけどさあ、ずっとエッチしてないんだよ。どれくらいかわかる？」

照れもせずまじめな顔で言うと、明義は未直の言葉の意味を計ろうとするように目を細めた。

未直は「これはだめだ」と思ってあっさりネタ晴らしをする。

「二カ月以上、してないの。エッチっていうと即物的だけど、チューとかハグとかも同じくらい減ってること、わかってないよね」

言ったとたん、明義は、ぱちぱちと目をしばたたかせた。

「……あー、いま、何月だ？」

「一月も終わりに近づいております」

ふざけて敬礼しながら告げると、明義は「まじか」と額に手をやった。

「やってないことにも気づいてなかったぜ。俺も枯れたってことか……」

「えー、そっちなの？」

むくれた未直が頰をふくらますと「冗談だ」と彼は笑った。目尻の笑い皺は、未直の好きなもののひとつだ。

「悪い。ほんとにかまってやれてなかったな」

くしゃくしゃと、頭をかきまわされる。あえてストレートな言いかたに混ぜこんだ未直の寂しさを、彼はちゃんと察してくれたらしい。

「あのね。忙しいのわかってるから、べつにいいんだ。でもね」

頭を撫でている明義の大きな手を、両手で摑まえる。顔のまえに持ってきたそれを、意味もなくいじりまわしながら未直は目を伏せた。

「身体にだけは気をつけてね。おれ、明義さんが元気でいてくれたら、それでいいからさ」

微笑みながら言うと、明義は黙りこんでしまった。責めるつもりではないのだが、ちょっとだけ恨みがましく聞こえてしまったかもしれないとは思った。

「……寂しくさせてるか」

明義の仕事上しかたのないことだとは思うけれど、彼が事件を追いかけはじめると未直はほったらかしになる。未直は苦笑した。

「んー、まあそれは否定しない。でも飽きられたとか本気では思ってないよ。やなこと言って、ごめんね」

「だろうな。おまえ本気で思ってたら、言いはしないで暴走する」

ひどい、と笑いながら、明義の言うとおりだと思った。

以前の未直なら、こうまで明義に放置されたら不安で哀しくて、飽きられたのかと本気で思いつめ、そのくせ口にはできなくて、わけのわからない行動にでたりもしただろう。

けれど二年、生活をともにして、未直自身も大学に入学し、環境も変わって。

明義の仕事がどれだけ頭を使い、神経を張りつめるものだか知って、自分がなおざりにされているのではないと理解してからは、贅沢を言うことはできなくなった。

成人したとはいえ学生の未直と、明義の時間の流れは違う。二カ月、三カ月という時間は、激務の彼にとってはあっという間だ。

兄に徹底的にあまやかされている真幸を、ちょっとだけうらやましいと思った。けれど、未直が好きになったのは明義であるし、たとえば兄のように、恋人のためにライフスタイルを見なおすような真似をしてほしいのかと自問すれば、それはそれで違うと即答できる。

「いいよ。わかってるから。……たまにおれのこと、思いだしてくれたら、それでいいよ」

待っていると告げられるように、きちんとした大人になりたい。そう思って、大きな手を両手に握って微笑むと、なぜか明義は大きなため息をついた。

「健気なこと言ってくれんのはいいんだけどな。ちょっと間違いだ」

「なに？」

「思いだすもなにも、ちゃんとおまえのことは、毎日、考えてる」

めずらしくもあまいことを言った明義に、未直はちょっと赤くなった。

「う、嘘ばっか」

「嘘じゃねえよ。ちゃんと毎日、メール返してやってんだろ」

「それ、ごはん食べる、いらない、って定期連絡じゃないか」

思わず未直は笑ってしまった。だが明義は濃い眉を寄せて「それだけでもたいした努力だぞ」と威張れないことで威張る。

「ついでに言えば、仕事についてからこっち、二年もつきあいきった相手、俺にはいねえんだ」

「え、そうなの？」

「ああ。こんな勢いでほったらかしてりゃ、女はすぐに逃げる」

まあそれはそうだろう、と未直はうなずいた。

「仕事にかまけりゃ、電話もメールもいっさいなしで、うっちゃらかしだ。正直、つきあうってとこまでいかねえ相手のほうが多かったし」

「明義さん、サイテー」

未直がじっとりした目で見ると、明義は喉を鳴らして笑った。

「そう言うな。だからおまえは特別だっつってんだぞ」

「あんま、喜べないでーす」

雑ぜ返すと、にぎにぎと遊んでいた手がいきなり反乱を起こした。ひらっと手首を返したかと思うと、未直の両手を一摑みにして、ぐいと引き寄せる。

「わわっ」

テーブル越しに引き寄せられた未直は声をあげて、いきなり近づいた顔に驚く間もなく口づけられた。腹がテーブルのはしにあたり、かしゃんと食器が揺れる。

「ん……」

ひさしぶりの口づけは、覚えているとおり激しくて熱かった。しっかりした顎が動いて、もぐもぐと未直の唇を味わい、舌を食べつくす。

「まあ、ごたくはいいや。するぞ」

「えー……ムードない」

口を離すなり、まったく情緒的でない誘いを受けて、未直は眉を寄せた。自分でもかわいくない反応だと思ったのに、明義はおかしそうに笑う。

「そんなんでも、おまえが根性いれて俺を好きでいてくれるから、ありがてえな」

むす、と尖らせた口を音をたてついばまれ、未直はますます顔をしかめた。

「なんだ、違うのか」

「違いません。もぉ。けっきょく俺ばっか好きだよね」

惚れた弱みだとため息をついた未直は、軽く明義の胸を突いて離れ、立ちあがろうとした。だがすぐに手首を掴まれて、思うよりずっと真剣な目で見つめられ、驚く。

「ばっかってこた、ねえだろ」

どきりとするような明義の声に、未直は固まった。

「まえにも言ったとおり、俺はおまえのことを嫁にもらったつもりだからな。そんなん、惚れてなきゃしねえだろ」

「……うん」

眉をさげて笑うと、明義もつられたように微笑んだ。腕を引かれるまま、彼の膝のうえに乗って、広い胸に抱きつく。

めったにあまいことを言ってくれる男ではないけれども、彼なりに大事にしてくれていることはわかっている。だから、未直は簡単に折れなくなった。

「まあでも、夫婦生活がねえってのは離婚の大きな理由になるわけだしな」

「うん?」

「やっぱやっとくか、未直。おまえのエロい身体ほっといちゃ、いろいろ大変だしな」

冗談めかした誘いに「ばか」と笑ってみせながら、もう一度深く口づけた。

END

季節はずれのクリスマスケーキ

クリスマスケーキの作り方をネットで検索しながら、真野未直は微妙な苦笑いを必死にこらえ、口元をへの字に曲げていた。

「もう、年明けてんだけどなあ。とっくに」

カタブツの兄に、『マキ』という恋人ができたと聞かされたのは、まえの年の晩秋だった。拗ねたり怒ったりする『カノジョ』に手を焼いている、と相談されたとき、あの兄が照れている！　と未直はもはや感動すら覚えたものだ。

兄である真野直隆は、むかしから冷静沈着で、およそ心乱れるといったことのない男だった。それが年甲斐もなくというか柄にもなくというか、年下の恋人に振りまわされているさまは、意外にも思えたが微笑ましい感じがした。

「まあ、カノジョじゃなくてカレシだったわけだけど」

引っ越し祝いで初対面、と引きあわされたとき、未直はもちろんびっくりした。だが、マキこと名執真幸のほうが、がちんごちんに固くなっていて、顔色は真っ青なくせに唇だけ妙に真っ赤で、きれいだけれど心配だった。何度も何度も嚙みしめていたやわらかそうな下唇が歪んでいて、ああ、このせいで口だけ赤いのか——と未直は納得したけれど、卒倒しそうな真幸をなだめるために実兄がしつこくキスをしていたという事実は、幸いにして知ることはなかった。

——はじめまして。

ショックから立ち直ったのは未直のほうがさきで、なるほどこれで『カノジョ』の言葉になにやらもごもごしていたのか、と納得しただけだった。

兄の同棲相手が同性。ダジャレのようだ。という考えをおくびにもださず、にっこり笑った未直に対し、真幸はほっとしたように息をついて、おずおず笑った。

彼が『ROOT』のアルバイト店員であるのを思いだしたのは、それから小一時間たってのことだった。いっしょにすごして食事をし、真幸の緊張がほぐれてからやっと、彼のふつうの顔が見えた。

——ああ、そっか。あのときの店員さんだ。

なんの気なしに、やっと思いだした、と声をあげると、兄とその恋人はふたりそろって気ずそうな顔になった。理由はわからないけれど、なにか心にわだかまりがあるらしい。未直はあまり図々しい性格ではないので、そのあたりを追及することはやめておいた。

「もしかすると、あの時点でもう、つきあってたのかなあ？　それか、けんかしてた、とか。そりゃ、おれがいるまえでばったり会ったら、気まずいよね」

真実を知らぬがゆえの暢気《のんき》な想像をしつつ、未直はかちかちとマウスをクリックする。

「よし、みっけ」

検索を終えた未直は、ブッシュドノエルのレシピが掲載された大量のサイトのなかから、いちばん簡単そうなページを選んでプリントアウトし、買いそろえた材料を見較べる。

じつはべつのサイトでレシピを見ておいたのに、うっかりブックマークを忘れて見失ったのだ。しかたなく、いちから検索しなおしたけれど、細かい手順以外はほぼ同じものらしく、材料に問題はなくてほっとした。

クリスマスのケーキといえば、イチゴのたっぷり載った白いホールケーキか、ブッシュドノエルが定番だ。どっちにするか迷ったあげく、兄と真幸の好みを考え後者を選んだ。いっそのこと、あまあまのデコレーションケーキで新婚仕様にしてやろうかと考えたが、嫌みに気づかれる可能性はこれっぽっちもないと悟って、不毛な真似はやめた。

「卵、砂糖、小麦粉、バター、生クリーム、チョコレート。うん、ぜんぶある」

バニラエッセンスはないけれど、まあそのくらいはご愛敬だ。無塩バターではなくふつうのバターでも、けっこうなんとかなるのは知っている。

まずは卵をほぐしてハンドミキサーで泡立てる。共立てのレシピなのも楽だ。白身も黄身もいっしょに泡立てればいい。別立てだと一手間増えるのでちょっとめんどくさい。

「しっかし、兄さんも簡単にケーキとか言ってくれちゃってさあ。食べるの一瞬だけど、作るの数時間なのに」

ぶつぶつ言いながらも未直の顔はにこやかで、機嫌がいい。なにしろあの兄が、未直に頼み事などするのは生まれてこのかた、ろくにないのだ。

しかもそれが、誰かのための頼み事などといったら、一度もない。んふふ、と未直は笑ってしまう。

「うん、でもまあ、練習だしな。これも」

未直は大学に合格したのち、自分のやりたいことをいろいろと考えるようになった。恋人の三田村明義には『嫁にこい』などと言われていたし、自分的にも心情的にはそのつもりだが、将来を考えると専業主婦になるのはあまりにも現実味がない。

なにより明義は超がつくほど忙しい男だし、いつまでも彼にぶらさがっているわけにもいかない。未直も未直自身でいるためのなにかを見つけなければ――と考えて、けっきょく自分がいちばん好きなのは、料理だと気がついた。

いまは、大学に通うかたわら、イタリアンレストランでバイトをしている。厨房《ちゅうぼう》ではなくウエイターだけれど、たまに厨房のほうにも顔をだし、あれこれと料理についてのことを教わったりもしていた。

料理学校にも通っているが、大学を出たら、本格的な調理師学校に入学しなおし、レストランに勤めたい。それが最近、未直の見つけた目標だ。いずれ明義が引退したら、彼にオーナーになってもらって、ちいさな店を開くのもいいかもしれない。

むろん、夢は夢として、そうそううまくいくかどうかはわからない。だが時間は幸い、たくさんある。迷って考えて、そのうちに見つけた道ならば、悪いことはないだろう。

というわけで、ケーキ作りも未来の夢についての修業の一環だと思うし、作ることはなんら、やぶさかではないのだが。

「転職と仕事と引っ越しの準備で、クリスマスし損なったとか、いまさら気づくんだもんなあ」

気づくきっかけを作ったのは、真幸のほうであったらしい。

きのうの夜、いっしょにテレビを見ていたときに、千葉にあるくせに東京と名のつくテーマパークの特集をニュースでやっていたそうだ。

――そういえば、去年で最後のショーがあったんだよな。

なにげなくつぶやいた言葉に、直隆は「行きたかったのか」と問いかけたそうだ。ちなみに直隆は、シーはおろかランドのほうにも一度たりとて行ったことはない。

――まえに一回、ゲームのイベントの取材で行ったことあるんだけど、すっごくきれいだったよ。外国旅行してるみたいで、大人のテーマパークで、楽しかった。

ゲーム会社の仲間と行ったんだ、仕事の一環だった、と懸命に言う真幸は、べつに行きたいわけじゃないよと妙に必死で言い訳していたらしい。

「兄さんもなあ、『そういうところがかわいいと思うんだが』とか平気でのろけるしなあ」

あの天然はどうにかしてほしい、と思いながら、未直はふるった小麦粉を卵に混ぜ、ゴムべらでせっせと混ぜる。

「クリスマス気分だけでも味わわせてやりたいってさあ。きのうのきょうでメールしてくるかな、まったく」

たぶん、そのうち休みがとれたら兄はシーに真幸を連れていくだろう。施設内のファンタジックでロマンチックなホテルにだって泊まっちゃうかもしれない。耳つき帽子だってかぶっちゃうかも――。

「いや、さすがにそれはないか」

ちょっと寒い想像に肩を震わせて、未直はかぶりを振った。

バターを混ぜてなめらかにした生地を、クッキングシートを敷いた天板に流しこんで整える。温度設定をしておいたオーブンレンジにいれ、焼きはじめるのと同時に今度は飾りつけ用のクリームの準備。

「しかしまあ、三月も近いのにクリスマスって」

あたためた生クリームにチョコレートを混ぜてやわらかめにホイップしながら、未直はまたぼやいた。飾り立て用のクリームは、ハンドミキサーを使うとうっかり固くしすぎるので、この作業だけは手を使う。

けっきょく、そのシーの話題がきっかけで、直隆ははたと『クリスマスデートをなにもしなかった』ことに気づかされた、というわけだ。

真幸は真幸で、年明けすぐ発売のゲームの仕事に追われていたし、転職準備とそれを邪魔する上司との攻防戦でバトルしまくっていた直隆も多忙だったのは言うまでもない。あげくに急遽決めた同棲のための引っ越しと、年末から年明けまでは走るようにすぎさっていき、息をついたところで恋人同士のラブイベントをやり損なった、と思いだしたわけだ。

「まあたしかにさ、いまの時期、ブッシュドノエルなんか売ってないけどさ」

バレンタインもとうにすぎたというのに、なんでクリスマスケーキなのだ。未直は最初首をかしげたけれど、直隆の言葉にうなずかざるを得なかった。

――マキは、家をでてからずっと、クリスマスを家族ですごしたのが忘れられなくて、いつもケーキを食べたことがなかったらしい。

子どものころから毎年、家では母親がケーキを焼いて、皆で食べていたそうだ。実家をでて羽目をはずしたせいで、二十歳以後、二度とそのケーキを真幸は食べていないと言う。

クリスマスに興味がない顔をして、言いださなかったのも、そのせいじゃないかと思う、と告げた兄の言葉に痛みを感じつつも、未直は問いかけた。

――それ、ただ忘れてるだけ、って可能性はないの?

すくなくとも未直から見た真幸は、もう充分に大人だ。クリスマスに対して、そんなに感傷的な思い入れがあるものだろうか。単純に、イベントごとなど忘れていたりはしないのか。

未直の懸念に「かもしれないが」と苦笑して、それでもいいんだと直隆は言った。

「ばかなことをして、とあきれて笑ってくれれば、それでわたしは満足だから。――って誰あれ!? ほんとにおれの兄さん!? あっま！」

がっしゃがっしゃとあきれながら泡立て器を使い、未直は声をあげて笑ったあと、ふうっと息をついた。

「ほんとにさあ、いいように使ってくれるよね、弟を」

文句を言いつつ、未直はずっと微笑んでいる。泡立て器を使う手がけっこう疲れたなあ、とぼやいても、心はうきうきとあまいままだ。

勝手なお願いをされても怒る気になれないのは、真幸に対して直隆が持つ罪悪感のなかに、未直に対してやらかしてしまった失敗や暴言の数々を悔やむ気持ちが、きちんとベースにあるのを知っているからだ。

いつぞやか、べろんべろんに酔っぱらった明義と直隆がいっしょに帰ってきたとき、酒で理性を吹っ飛ばした兄は、延々と未直に謝り続けていた。

――傷つけた。悪かった。そんなつもりではなかったけれど、理解が足りていなかった。

本当に苦しそうに、悔やむような声をだした兄が、未直が家をでて以来、怒ったポーズをしながらも、一生懸命気遣っていてくれたのは、とっくに知っていた。

むしろ、そんなに気にしてくれていたのかと、こちらが心苦しくなるくらいだった。

——あれと同じ失敗は、もうしたくない。わたしはべつに、誰かを傷つけたいわけじゃないんだ。

ろれつのまわらない声で何度も何度も言う、その言葉の意味を当時の未直はわからなかった
けれど、「わかってるよ、知ってるよ」と何度も応えた。

　態度は冷たくてときどき怖い兄だったけれど、迷子になった未直を怒りながら迎えに来たとき、心配の裏返しで怖い顔になっているのはわかっていた。

　彼が心底から冷たい兄だったなら、あんなにも慕いはしなかったし、拒絶されて傷つきもしなかったと思う。

　やさしい感情を、相手にどう示せばいいのか、直隆はわからないという。だからいつでも一生懸命で、たまにとんちんかんではあるけれども、心にちゃんと響くのだ。

「お、焼けた」

　ちーん、という音を立ててケーキの生地が焼けたことを知らせる。平たく焼きあがったそれを冷まし、シロップ代わりに杏露酒《シンルチュウ》を打った。中国酒として有名なあまいリキュールだけれど、これが日本の会社のお酒だということは意外と知られていない。

　しっとりした生地にチョコレートクリームを塗りつけてくるくると巻く。きれいなロール状になり、満足の笑みを浮かべた未直は、一部を斜めに切って土台のうえにセットしたのち、クリームを全体に塗りつけ、フォークで木目のような筋を作った。

「よっし、完成！」

切り株がちょこんと載ったような、かわいいケーキのできあがりだ。あとはこれを箱につめ、数時間後にとりに来る兄のために冷やしておけばいい。

季節はずれの、クリスマスケーキ。たぶん、真幸はばかにしたようなふりをして笑ったあと、泣いてしまうだろう。そして直隆はちょっとおろおろしながらなだめて、『家族の手作りケーキ』を食べさせるのだろう。

「ほんっとにあまいなあ」

整形のために切り落とした端っこを味見しながら、未直は眉をさげてくすくす笑ったのち、ケーキの飾りのすくなさに気がついた。

「うーん、サンタの飾りは売ってなかったしなあ……って、あ、そうだ」

残った材料を眺めたのち、未直はふたたびの作業にかかった。

＊　＊　＊

「なにこれ」

アルバイトを終えて自宅に戻ってきた真幸は、テーブルのうえに鎮座した季節はずれのケーキを見つけて唖然とした。

「見てのとおりのものだが」

「うん、いや、ケーキなのはわかるけど。いまどきブッシュドノエルとか、よくあったね」

おいしそうだけど、なんで。首をかしげつつ、食後に食べようと目を細めていた真幸は、直隆の次の言葉に仰天した。

「未直に作ってもらった」

「え⁉」

「クリスマス、やり損なったからな。気分だけでもと思って」

しごくまじめな顔で告げる恋人の顔を見あげ、真幸はしばし絶句した。あまりにじいっと見つめられた直隆は居心地悪くなりつつ、それが常からの平坦な口調で告げる。

「ケーキはきらいじゃないだろう」

「……うん」

「べつに、わたしがそうしたかっただけで、無理に食べる必要はないぞ」

「……うん」

困った、と直隆は思った。てっきり「いまさらなにを」と笑い飛ばすだろうと――未直もそう予想していた――思っていたのに、真幸は真っ白な状態のまま直隆の顔を凝視《ぎょうし》するだけで、コメントすらろくにない。

家族の手作りのケーキ。もしかして、変なトラウマをえぐっただろうか。心配になりながら軽く首をかしげ『どうした』と目顔で問うと、フリーズしていた真幸は唇をむすっと引き結んだ。

「そんなことのために、未直くん使ったのか」

眉もひそめられ、目が細くなっている。笑うか泣くかどっちかだろうと思っていたので、怒るというのは想定外だ。直隆はこちらも無表情になり、無言でうなずいた。

「俺がきのう、クリスマスの話なんか、したから？」

「ああ」

「忙しいくせに、早あがりして、弟くん使って、こんなことしたの？」

いらぬ気遣いだったのかもしれない。失敗を悟った直隆が眉をさげ、「いやだったら」と言いかけたときだ。

どん、と身体になにかがぶつかってきた。驚いてたたらを踏むと、首に腕をまわした真幸が肩に顔を埋め、しっかりと抱きついている。

「マキ――」

「ばか」

首を絞めているのかと勘違いしそうな勢いで巻きついてくる腕は、小刻みに震えている。

「直隆さんさあ、あんまあまやかさないでよ。俺、ほんと、困るから」

声は、やっぱり涙声だった。じんわりと肩のあたりが湿ってきて、泣き虫め、と思いながら真幸の細い身体に腕をまわす。

まだ、彼の兄からの連絡はない。ただ、さっちゃんこと新山・スタントン・佐知子嬢からは、すこし時間をくれとメールが来た。

それも、真幸宛ではなく、直隆に向けてだ。

【嫁のほうが、真幸に土下座するまで帰らないって言って、あたしんとこ来ちゃったんだよな。もともと新婚旅行でこっちに来る予定だったんだけど、そのまま旦那放置して居着いちゃってるから、それがおさまらないとどうもならん】

思いがけない大トラブルに発展しているらしく、まずは夫婦間の調停がすまないと、どうにもならないらしい。

兄嫁のほうは、真幸が家出したとしか聞かされておらず、事情もすべて伏されていたことを激怒しているのだそうだ。おまけに、たかがセクシャリティで絶縁、しかも大怪我を負わせて追い出した、という婚家と旦那に対し『人間とは思えない』とまで吐き捨てているというから、事態はかなり深刻らしい。

【マキは神経細いとこあるから、また自分のせいで、って悩むだろ。直隆さん、コトが落ちつくまで、この件黙っててほしい。で、話がマキんとこ行ったら、全力でフォローお願いする】

完全に伏せておきたいからと、ご丁寧にそのメールはすべて英文だった。うっかり真幸に見つかったときのためだ。大学中退の真幸は、中学生レベルの英語ならばどうにかなるが、長文で入り組んだ内容については、翻訳ソフトにでもかけないと読みとることはできない。

むろん、そのメールは読み終えると同時に削除し、記憶のなかにあるだけだ。

事後のフォローについても万全のかまえで対応するつもりなので、安心してくれと返すと、さっちゃんは【よろしく頼む】と相変わらず男らしい言葉遣いでメールをしめくくっていた。

「あまやかしては、いけないのか？」

「だめだよ。図に乗るし」

「そうか」

この程度で感激して泣くような真幸が、どうやれば図に乗ってくれるのか教えてほしいと思いつつ、首にぶらさがった恋人を抱きしめたまま直隆は苦笑する。

「いやなら、ケーキはあとで処分する」

「やだ。ぜんぶ食べる。俺が食べる」

「いっぺんに食うと太るんじゃないか？」

「あとで運動するから、協力して」

ずび、と色気のない音を立てて洟《はな》をすするくせに、直隆の首筋をあまく噛むことは忘れない。

ひねくれ者だと思いながら、お返しに耳をかじると、泣き声にあまい呻きが混じった。

ようやくすこし腕をゆるめた真幸の頰を手で拭《ぬぐ》い、赤くなった目尻と鼻先に唇を押し当てて、唇をふさぐ。

ちいさな声であまくあえいだ真幸の声は、ブッシュドノエルのケーキよりもあまく、とろけていた。

＊　＊　＊

二カ月遅れのクリスマスケーキのうえには、ちょこんとハート形のチョコレートが載っている。そのうえに、クリームで書かれた言葉は『Merry X'mas & Happy Valentine』。

一年のうち最大のラブイベントであるふたつを、くっつけてまとめて祝うのも、合理主義だった直隆らしいだろうと、完成したケーキを見つめて未直は笑った。

「ま、どうせいつでも新婚さんはラブラブだろうしね」

胸焼けしそうなほどだとつぶやきながら、できあがったケーキを丁寧に箱におさめ、冷蔵庫にしまう。

残ったチョコレートはふたたび溶かして、チョコレートブラウニーでも焼けばいい。ナッツと洋酒をたっぷりきかせたそれなら、明義も案外食べられると最近気づいた。

「レストランより、パティシエのほうが向いてるのかな？　おれ」

くすくすと笑った未直は、あまいにおいの充満したキッチンを見まわして、すべての恋人たちに倖《さち》あれ、と祈った。

END

あとがき

おひさしぶりの不埒シリーズです。

今作は『不埒なスペクトル』という作品の後日談となっております。まえのお話では攻めの真野直隆の視点でお話を綴ったわけなのですが、天然不思議兄に振りまわされつつ振りまわしていた真幸は、どんなふうに直隆を見てるのか？　という読者さんのお言葉をいただきまして書いてみました。……本編、そして番外編で未直があきれているとおり、恋するフィルターはすごいなあ、という感じの話であります（笑）。

それと、前作ではちょっと始末がついていなかったエピソード、真幸の過去についてなども含めて、とりあえずまるっとハッピーエンドにすべく、軽めの楽しい話としてしあげました。

新キャラにまたなんだか濃いのを出してしまったんですが、日比谷、脇役ながら気にいっております。できればオネエ攻めがいい。まだこちらのシリーズ、続けさせていただけるようなので、そのうち出せればいいなと思っています。

あと今回、番外短編が二本ありますが、うち一本『季節はずれのクリスマスケーキ』は個人サイトで配信した番外編でした。もう一本の『安定≒倦怠』におなじく、未直が兄たちにあてられてる話なのですが（笑）、執筆時期の早かった『季節～』は今回の話のベースにもなっている部分もあり、せっかくの機会なので掲載していただきました。

掲載は巻末になってるんですが、作中の時系列としては、『安定』が一月終わり、『季節』が二月終わり、『パラダイムシフト』が八月の話になっています。

さてこの夏は非常な猛暑のわけですが、春ごろから崎谷はちょっと体調を崩しておりまして。たいしたことはないんですが、胸にできたおできの膿がえらいことになり……延々四ヶ月引っぱったあげく（まだ治療中です）、途中切開手術を二度受ける羽目になりました。

途中処置がえらい痛いし、病院がよいで大変だし、薬の副作用で貧血は起こすしで、おでき舐めちゃあかんよ……という状況だったのです。また治りが悪すぎるため血液検査を受ける羽目にもなり、最近は生活の見直しを計りつつ運動もしています。

しかもコレのおかげで今回の本については、本当に担当さん、イラストさんともに、大迷惑をおかけすることになり、健康大事だなあ、と無茶しまくりな生活を反省しております……。

まず自分が元気じゃないとスケジュールもなにもあったものじゃないなと。

そんなこんなでご迷惑をおかけしたタカツキ先生、本当に申し訳ありません。が、久々の直隆と真幸、とてもうつくしくてステキでした！　表紙は『スペクトル』と同じ部屋なんだなあ、という雰囲気がちゃんと出ていて、毎度ながらの細かいお仕事に感服です。

今年はＣＤ等もあるため、そちらでもお世話になりますが、よろしくお願いいたします。

担当さま、毎度ながらの調整&無茶進行、本当に申し訳なく、またありがたく思っております。今後ともよろしくお願いいたします。

チェック協力のRさん、橘さん。本当に毎度どうもです。前作や番外などとの整合性も指摘してくれて助かりました！

それと、このお話の前作、前々作のドラマCDのお知らせです。

■二〇一一年十二月二十一日発売予定『不埒なスペクトル』

キャスト：真野直隆＝杉田智和／名執真幸＝立花慎之介／真野未直＝武内 健／三田村明義＝三宅 健太・ほか（敬称略順不同）

■発売中『不埒なモンタージュ』

キャスト：真野未直＝武内 健／三田村明義＝三宅 健太／真野直隆＝杉田智和／新生＝鈴木達央・ほか（敬称略順不同）

番外編・配信限定ドラマも各種ケータイサイトにて配信中。よろしくお願いいたします。

このほかにもドラマCD発売中ですので、ダリア公式サイトなどでお確かめください。

ここまで読んでくださった皆様、ありがとうございました。「その後のふたりが知りたい」というリクエストのおかげで、直隆と真幸のお話を書くことができました。

たまたま手にとってみた方は、前作なども見て頂けると幸いです。

今後ともがんばってまいりますので、よろしくお願いいたします。

今回もとても素敵なお話で楽しかったです。
特に…
兄の**裸エプロン**が描けたので最高でした。

4日間
してないから辛い
すごいテント張ってるよ…
真顔

この方といると
かなり面白いと思います。

ネズミの国を満喫するには耳をつけないとな
パシャッ
未直に送信

兄は多分…真面目に楽しもうとするはず。

ダリア文庫をお買い上げいただきましてありがとうございます。
この本を読んでのご意見・ご感想・ファンレターをお待ちしております。

〈あて先〉
〒173-8561　東京都板橋区弥生町78-3
(株)フロンティアワークス　ダリア編集部
感想係、または「崎谷はるひ先生」「タカツキノボル先生」係

❋初出一覧❋

不埒なパラダイムシフト……………………………書き下ろし
安定≒倦怠……………………………………………書き下ろし
季節はずれのクリスマスケーキ………個人サイト掲載作より再録

不埒なパラダイムシフト

2011年8月20日　第一刷発行

著者　崎谷はるひ

発行者　藤井春彦

発行所　株式会社フロンティアワークス
〒173-8561　東京都板橋区弥生町78-3
営業　TEL 03-3972-0346　FAX 03-3972-0344
編集　TEL 03-3972-1445

印刷所　図書印刷株式会社